文治
© wénzhì books

更好的阅读

很久很久以前，在某一个地方，果然……

むかしむかしあるところに、
やっぱり死体がありました。

[日] **青柳碧人** 著　蔡东辉 译

中国友谊出版公司

目录

竹取侦探物语 /1

第七次的饭团咕噜噜 /63

稻秆多重杀人案 /133

真相・猿蟹合战 /187

猿六与文福交换犯罪 /235

竹取侦探物语

一

我叫堤重直,是一个混迹于山野之中伐竹做成各式器物的,微不足道的伐竹工。

大和国有一个叫斜贯的村子,我住在村外的一间破草屋里,喝的是河水,吃的是河里的鱼虾和山上的蘑菇、野果,偶尔也吃一点儿小麦和小米。什么也没的吃的时候就舔几口味噌酱下酒,然后蒙头大睡。

斜贯村那些家伙都把我当成怪物,与我几乎没有任何交流。这倒正合我意,不用和多余的人说那些没用的话。

对于我这么一个"人不愿近我,我不愿近人"的人,春天倒是从不缺席,每年按时造访。草屋四周的竹林里,笋子毫无预兆地一个接一个冒出来。

那天我起身正要出门,门口的草帘突然被掀开。

"阿重先生,起来了吗?"

"我还以为是谁呢,正要出门干活。"

"还好我来得早。喏,这个给你,小麦和酒。"

他递给我一个麻布包袱,咧开嘴笑着,露出两颗虎牙。

有坂泰比良,我在都城当差时认识的家伙。那是我一生中最憋屈的日子。他年纪和我差不多,却不知为何一直自称是我的小弟,在我离开都城的时候他也跟了过来。和我不同,他是个招人喜欢的家伙,租住在城郊的一间屋子里,平时会帮忙把我编的竹篮、竹筐之类的换成粮食带回来。也许是忘不了当差的那段日子,他的腰上总是别着一把形同废铁的短刀。

"是去挖笋吗?"

"我可没那闲工夫,我要去砍些粗壮的竹子回来做便当盒。"

"好厉害啊!我去给你帮忙吧。"

他二话不说拿起挂在墙上的柴刀就出了门。真是个有眼力见儿的家伙。

"这根怎么样?"

离开家,我们在竹林坡走了一会儿后,阿泰把手放在一根竹子上问。

"还不够粗,用来做水壶都够呛。"

"可要比这还粗的……"

阿泰四处打量。竹子无穷无尽,可没一根是称心的。伐竹是一个考验耐心的活计。

"嗯?"

一个奇怪的东西出现在眼前,我好奇地上前查看。

"快看!"

阿泰见状也难以置信地瞪大了眼睛。一根普通大小的竹子,齐人腰处的竹节间竟金光闪闪。

"这样的竹子还是第一次见到欸!阿重先生,快砍开看看吧!"

我接过阿泰恭恭敬敬递过来的柴刀,斜刀砍下。

"欸?女孩儿?!"

竹子被砍开后,里面竟出现一个拇指大小的少女,正笑嘻嘻地看着我们。

"这是哪儿呀?你们是谁?"少女开口。

"这里是斜贯村,我叫堤重直,是一名伐竹工。他是我的伙伴有坂泰比良。"

堤、重、直。有、坂、泰、比、良。少女重复道,仿佛在确认什么。

"请您把我带回家好吗?"

绝不能轻易答应女人——这是在都城当差那憋屈的三年里我得到的最大的教训。可是……

"你、你如果不嫌弃的话……"

阿泰立即露出一副色眯眯的样子。我一把抓住他的后颈,离开那根发光的竹子五六步远。

"你小子这么不长记性吗?松风让你吃的苦头还不够?"

"当然记得啊!你不也被红叶折磨得死去活来嘛。"

哪壶不开提哪壶。

"对。所以我们不是发誓了嘛,绝不轻易答应女人的要求。"

"阿重先生,你看那姑娘像是松风和红叶那样的坏女人吗?"

即使看见我们争吵,竹子里的少女依旧面带微笑。她身体不大,长得却貌若天仙,似乎要将我们狼狈不堪的过去一洗而空。

"你别忘了,你的女人缘可是全天下最差的。"

"那就把她带回你家怎么样?"

"我家?"

"难道就这么把她扔在竹林里吗?天可马上就黑了,你不是说林子里有老虎吗?她这么小,还不够老虎塞牙缝的。"

日本怎么可能有老虎?我很无语。不过,日本到底有没有老虎不要紧,把少女扔在这里,我确实于心不忍。

"女人一旦没养好，可就不知道会变成什么样的妖魔鬼怪了。就算为了不让她成为像松风和红叶那样的坏女人，也应该由阿重先生来把她养大。"

虽然有点儿被哄骗的感觉，不过我的脑子里的确已经出现把她带回家的画面了。

回家的路上，我对坐在手心里的少女说：

"我叫阿重，他叫阿泰。"

"好的，阿重先生和阿泰先生。"

"你叫什么呢？"

"请叫我辉夜。"

少女说。

二

和辉夜一起生活并不赖。

不愧是从竹子里诞生的神奇女人，辉夜似乎完全不进食也不觉得饿。每次我吃早饭，她就只是笑嘻嘻地看着。进山的时候我就把她放进背篓里一起出门，干活时她总是在一旁笑嘻嘻地看着我伐竹。在我把砍回来的竹子编成竹篮、竹筐的时候，她脸上的笑容也从未消失过。只要辉夜在身边,我总能像湖水般平静。

和辉夜一起生活了一段时间,我发现她身上一个更加令人难以置信的现象——长得特别快。三天平膝,七天等腰,第十天已经和普通少女没什么区别了,年龄是十二岁左右。这时背篓已经装不下辉夜了,我们就一起走着去伐竹。

"辉夜啊,你怎么这么快就长大了呢?"

辉夜歪着头说:

"我是女的,长得还算比较慢,男人长得更快。"

"你说什么?"

"到了清晨,男人会伴着火焰破竹而出,转眼就能长大成人,随心所欲地变成任何自己想要的样子。"

像是什么谜语……随后辉夜一动不动地盯着我,脸上带着忧心忡忡的表情。

"怎么了?"

"阿重先生……不会是你吧?"

"早上从竹子里冒出来?怎么可能!"

辉夜微微一笑,没有说话,我也没再深究。

自从把辉夜带回家,之前大概每三天才会露一次面的阿泰每天都以送粮为借口来我家。粮食越来越多,根本吃不完,但我没有责怪他。对于一天天飞速长大的辉夜,阿泰视同己出,百般宠爱。

神奇的事情可不只如此。

和辉夜一起去伐竹的第七天，我又发现了一根根部闪着金光的竹子。要是再出来个少女可怎么办？我一边想一边禁不住好奇，破开竹子……竟然是黄金！自那以后，我几乎每天都会遇到闪着金光的竹子，黄金也越攒越多。

"您准备拿这些黄金做什么呢？"

一天，辉夜当着阿泰的面问我。

"嗯……不知道，我其实不是很想要什么黄金。"

"用来盖新房子怎么样？阿重先生这样善良又出色的人应该住在更好的房子里。"

"好欸！"阿泰表示赞成，"我早就这么想了！这儿又破又小的。"

"我倒觉得这个又破又小的房子挺不错的。"

"不是为了阿重先生，主要是为了辉夜，你不想让她住得好一点儿吗？"

我看了看微笑着一言不发的辉夜，觉得阿泰说得也有道理，于是很快就从斜贯叫来了手艺精湛的木匠。

"把我们的房子拆了盖间新的吧。"

我拜托木匠，木匠却没有看我，也没有看阿泰，而是直勾勾地盯着辉夜。也难怪，辉夜看上去十四岁左右，别说在斜贯了，就算在都城也算得上是绝无仅有的美女。开工以后，不知道怎么回事，辉夜一直跟着木匠忙前忙后，一会儿是"请喝水"，一会儿又是"您要休息一下吗"。

第二天，木匠竟带来了五个徒弟，并且表示他们不额外收钱，白给我家干活。起初我疑惑不解，后来才明白过来，原来他们只是想一睹美丽的辉夜。就这样，到房子快要完工的时候，辉夜的美貌已经被传得尽人皆知了。

重建后的房子非常气派，给我这样的人住实在是浪费，不过辉夜似乎很满意，我也没有什么好抱怨的。不仅如此，辉夜还说：

"阿重先生，阿泰先生对我们这么好，我们给他也盖一间吧。"

我转头就把辉夜的想法告诉了阿泰。阿泰欣喜若狂，恨不得一蹦蹦到天上去。

"其实我早就相中了一块建房子的风水宝地。"

阿泰拉着我和辉夜穿过竹林往山下走去。我伐竹有一条规矩：家门口到山脚下的竹子不砍。所以我完全不知道房子附近竟然长了那个东西。

"这可真稀奇。"

从竹根到人肚子那么高的地方还只是平平无奇的竹子，自那以上就开始分权，竟长出了两根枝干。人们经常用竹子形容正直的人，因为一般情况下竹子都是从竹根笔直向上生长的。

"我说不清楚为什么，就是觉得这根竹子特别好看，想让它长在我的房子里。"阿泰说。

我也觉得有意思，也许是伐竹工的本性吧。过去的日子里，我用竹子做了形形色色的东西，竹篮、竹筐、篱笆、门窗、梯子、笔、乐器、武器……但从没想象过里面长了竹子的房子。

我马上请来木匠，又自己把周围的竹子全部砍掉，将竹根挖走，只留下那根分权的竹子，辉夜在一旁看着。在好几根竹子下都发现了黄金，这些黄金基本够给阿泰建房子了。

过去一个月左右，房子建好了。双开门，内侧装有防盗锁。从里面看，左边大门用金属固定了一个可以上下旋转的木棒，放下木棒，使之落到右边大门的金属扣上，门就锁上了。木棒由成年男子手臂一般粗的橡木制成，一旦锁上，从外面是绝对打不开的。

厨房有全新的炉子和灶台，还有不知道阿泰从哪里买来的能装下一整个人的大水缸。铺了木地板的房间里只有四方桌和被子，墙上涂了一层厚厚的石灰浆，东面有一扇带金属锁扣的木窗，西侧也有一扇用来采光的小窗。

房子不大，但一个男人住足够了。这个房子最大的特点是，屋内有一个凹坑。就像地板被剪开了一样，那一块地面裸露着，上面肆无忌惮地长着一根分杈的竹子。房顶上也专门给竹子开了一个洞，经过精巧的设计，即使下雨天，雨水也不会漏进屋里。

"这房子不错嘛。"

"是呢，非常气派。"

"嘿嘿，多亏了阿重先生和辉夜。"

阿泰略显腼腆地低头对我说：

"我想找个日子办一场落成仪式，把村里人都叫来。要不借这个机会把辉夜的着裳仪式和扎发仪式也一起办了？"

那是女孩的成人礼。穿上带有褶饰的裳服，将披散着的长发在头顶扎起，发尾垂落在后背。辉夜已经出落成十六岁少女的样子，我之前也想过，是时候给她办了。

没想到造化弄人，我离开都城的时候曾经发誓绝不再和女人有任何瓜葛，现在竟然还没结婚就有了女儿。想必阿泰也和我有一样的感受。

"嗯，对啊。"

"可如果要办的话……"

阿泰面露难色。我很快就意识到了他的为难。要举办着裳和扎发仪式，就得把附近村落有头有脸的人物都请到家里来举办盛大的宴会，就我们三个人未免显得过于冷清，可我偏偏不爱交际，阿泰担心把人叫到家里来会惹我不快。

"阿泰，把人叫到家里来吧，你跟大家打声招呼。"

"真的吗？！"

阿泰紧皱的眉头顿时舒展开。

"好不容易风光一回，要办的话就把都城那些位高权重的人都叫来，让他们也见识一下辉夜的美貌。"

辉夜似乎也很乐意，张开嘴微微一笑。

我们好幸福啊。——而这时我还不知道会发生那样的悲剧。

三

仪式当天，客人们首先到访了阿泰家。斜贯村村民都对眼前气派的房子赞不绝口，从都城来的男人们却反响平平。中间分权的竹子固然难得一见，但是房子并不算大，他们甚至可怜阿泰竟然住在这样的小房子里。

在我家举行的着裳仪式却在贵族中间掀起了轩然

大波。

身着裳服、绾起秀发的辉夜美若天仙，简直像来自另一个世界的人。

辉夜身上闪耀着圣洁的光芒，偷偷看我一眼后又羞怯地低头微笑，我的心脏简直要跳出来了。

我本不愿意参加这种宴会，酒过三巡却觉得异常开心。每每与贵族交谈时听到他们盛赞"令千金可真是倾国倾城啊！"都觉得心满意足。他们可能也觉得奇怪，三十多岁且独居的我怎么会有辉夜这样的女儿。不过为了照顾我的情绪以及不被我当场赶走，谁也没有提起这件事。

夜已经深了，却没有一个人想回去。就在这时，也许是酒劲儿上来壮了胆子，一个虎背熊腰、粗眉浓毛的男人来到我面前，说："我已经完全爱上辉夜小姐了，请把辉夜小姐嫁给我吧！"

现场顿时乱作一团。

"等等！"

"先声夺人非君子所为！"

"有权有势没有财也不会幸福的。"

紧接着又有三个年轻人挤到我面前。成何体统！我勃然大怒，骂道：

"住嘴！"

我已经很久没有发脾气了,此时却忍不住一把抓起架在墙边的竹棍,啪的一声打在地上,四个年轻人顿时哑口无言。

"辉夜可是我的掌上明珠,今天不过第一次见面,怎么可能这么轻易把她嫁给你们!"

"阿重先生说得对!"

辉夜紧跟着轻声表示:

"我不能和你们结婚。"

"听见了吗?赶紧滚!"

我强行结束宴会,不仅那四位年轻人,其他宾客也被我一起赶走了。

然而这四个人并没有死心。

第二天,我正要像往常一样和辉夜出门伐竹,昨晚参加宴会的一位长发青年却出现在眼前。他迅速掏出一个小包递给辉夜:

"早上好。"

他歪着头,露出牙齿灿烂地笑着。青年名叫石作皇子,是都城贵族之子,即使同为男人的我看来,也是个相貌俊朗、万里挑一的美男子。

"这是我一边思念辉夜小姐一边调制的香,请您收下。"

"这……"

辉夜表示拒绝，石作却没有任何动摇，他哈哈一笑："不知如何是好吗？这就对了。被我这样的美男子追求，怕是都城里那些姑娘也和你有一样的反应。如我这般俊俏的人，光是走在路上就有大把的女人投怀送抱，要是能收到我送的香恐怕会当场晕倒吧。如此俊美的我，拒绝了一众女人，只希望能娶辉夜小姐为妻。我和你一起，一定能生出美貌绝伦的孩子，你又何必拒绝呢？"

我听着对自己的容貌绝对自信的令人作呕的求婚，就在这时……

"仰望芽月可见；如曾一睹伊人眉，牵动思念。"①

高亢的声音传来。一个长脸细眼的男人手拿红叶花纹的折扇从旁边的树丛里走了出来。折扇在他手中一开一合，发出啪啪的声响。

"真是失礼，万叶的恋歌竟脱口而出。像我这样的才子，即使陷入爱情，才华依旧如永不干涸的井水，挡也挡不住地往外流淌，真是令人苦恼啊。"

贵族之子车持皇子，家境和石作不相上下，在宫中身居要职，从小就被视为神童，十二岁就开始参与政事。

---

① 该句和歌出自《万叶集》，译文翻译参考 2002 年译林出版社出版的赵乐甡译本。

"辉夜小姐，这种虚有其表的男人根本不值一提。我们两个一起，一定能生出聪明绝顶的孩子。聪明的人才会幸福，辉夜小姐稍微有点儿识男人的眼力也知道要选谁吧？"

这家伙……每一个字都令人不爽。

我正准备大吼一声让他们滚蛋时，"无论如何我都不会嫁给你们的。"辉夜坚决地说。我瞥了他们一眼，和辉夜一起向竹林深处走去，留二人在原地面面相觑。

然后你猜怎么着？竹林的开阔处竟铺上了一张毛毡，一个带了五位侍从的男人坐在金光灿灿的椅子上铮铮地弹奏着琵琶，他的背后是一顶镶着琉璃的华丽的轿子。

"敬请福安，岳父大人、辉夜小姐。"

眼前这个长着一张大饼脸的男人是右大臣阿部御主人，一个大富豪，在难波、吉备还有磐城都有别院。他身穿七色华服，上面绣着从未见过的耀眼刺绣图案，每一颗牙都镶上了金箔，显得低俗至极。

"你在那儿干什么呢？"我问。

随着阿部的拨弄，琵琶再次发出铮铮的声响。

"这还用问吗？"阿部笑着说，"当然是来娶亲啦。来吧，辉夜小姐！请上轿。和我到举世无双的豪宅里开始甜蜜的生活吧！"

"不要！我们走吧，阿重先生。"

"为、为什么？我很有钱的！不信你看！"

辉夜转过身，头也不回地往竹林中走去，根本没有理会从怀中掏出黄金往地上撒的阿部。走到再也看不见阿部的地方，我像往常一样开始伐竹，没想到很快又遇到了新的麻烦。

"哎呀呀！您竟然在这里！"

伴随着雷电般轰隆隆的声音，眼前旋即嘭的一声飞出一团黑色的东西——野猪。野猪后面站着的是大伴御行，昨晚第一个向辉夜求婚的虎背熊腰、粗眉浓毛的家伙。

"这是今天早上在我的领地捕获的。我这个人喜欢打猎，和我结婚的话每天野猪啊鹿啊随便吃，还可以到纪伊的别墅钓鱼呢。"

说完，他没头没脑地哈哈大笑。这家伙看上去平平无奇，却身居大纳言的要职。他豪言称自己不想当一个满脑子只有政事、学问与诗歌的大头贵族，于是主动上山入海、锻炼体魄，其实不过是个粗野又聒噪的人罢了。比起另外三位弱不禁风的，感觉他多少好一些，不过却是个大老粗，而且浑身汗臭。辉夜似乎对眼前的男人和野猪都不为所动。

"我和谁都不能结婚。阿重先生，我们回去吧。"

辉夜说着就拉起我的手往回走，我回头看见大伴那家伙愣头愣脑地看着我们，脸上充满落寞。总之，昨晚求婚的四个人今天都出现了，一个也没落下。

没想到的是，竟然还有一个人潜伏着。

"请、请慢。"

那家伙从树丛中一跃而出，立即在辉夜面前单膝跪地，举起双手——手里捧着又白又圆的石头。

"辉、辉夜小姐，我、我、我身份低微，也没有什么财产，拼命努力也只能勉强当个中纳言，是个微不足道的人。但、但、但是，我对你的爱不输给任何人。请您嫁、嫁、嫁给我！"

这个话也说不利索，光听着就令人感到害臊的男人叫石上麻吕足，是阿泰的发小儿，阿泰搬到斜贯后他们仍不时见面，叙叙旧情，昨晚的宴会他也收到了阿泰的邀请。他当晚没有求婚，不过看样子也暗自惦记着辉夜。

如石上所说，他虽然好歹算个贵族，但身份地位完全不及其他四人。他个子矮，身材瘦弱，脸色苍白，五官像是破了相的蝌蚪，再客气也很难说好看。

"这是什么？"辉夜盯着石上手中的东西惊讶地问。

"金龟子石。您看，是不是很像金龟子？"

"什么？"

"我、我从小就喜欢虫、虫子。这是我父、父亲在福原当国司的时候带、带回来的,是、是我的宝贝。请、请、请您务必收下,接受我的一片心意。"

这个满脸通红、说话吃力的男人虽然怪异,但至少比其他四人来得真诚。辉夜似乎也这么觉得,一动不动地盯着那块石头。

就在这时,石上胸前竟慢吞吞地爬出了两只真的金龟子。

"啊,快回去!"

石上手忙脚乱地将它们收入怀中。看来这是他自己养的。

"石上大人,非常抱歉,我不能和您结婚。"

辉夜说完便趁势将金龟子石推还给石上,再次催促我离开。

"看来长得太好看也不是什么好事呢。"辉夜嘟囔道。

我有些诧异,之前可从未听她说过这种自满的话。兴许是经过着裳仪式的盛装打扮,辉夜也意识到了自己的美吧。我没再多想。

回家发现阿泰来了,我们一起吃了午饭。

"真的吗?石上那家伙?"

哈哈哈,阿泰笑了。

"我就说那家伙最近怎么有点儿奇怪，说话支支吾吾的，和他聊起小时候的事情也说什么以前的事情早忘了，根本不愿接话。他不是养了金龟子嘛。"

"嗯。"

"前不久还只有一只，宝贝得不行，最近多了好几只，都藏在衣服里面。"

喜欢虫子的男人……我还是有点儿难以接受。

"不过话说回来，他娘也上年纪了，他的确想尽快成家，只是没想到这家伙竟然会向辉夜这样的绝世美女求婚。大家都长大了啊。"

阿泰抬头看着天花板，眼神充满感慨。我也不禁觉得，有个发小儿真好啊。

"你希望他和辉夜结婚吗？"

"倒也不是不想，主要看辉夜愿不愿意。"

辉夜紧皱着眉头。看她的表情，应该对饲养金龟子的石上没有好感，像是在思索什么其他的事情。

"辉夜啊，着裳仪式也结束了，你已经是个大人了，也差不多该嫁人了。无论男孩儿女孩儿，到了年纪就该成婚，这样家门才能壮大，这个世界的道理就是这样。"

噗！阿泰忍俊不禁。

"没想到你竟然会说这些！"

我以前没少吃女人的亏，于是发誓要孤独终老。

阿泰应该是觉得这些话从我嘴里说出来显得很滑稽吧。

"我也觉得自己说这些很滑稽。不过还是希望辉夜能获得平凡的幸福。倒不是说非要嫁给石上,其他家伙虽然也多少都有点儿毛病,不过都是贵族,条件不差。"

"……好的。"

辉夜说。

"可我不想嫁给不够爱我的人,我想看看他们爱我有多深。"

"爱你有多深?"

我和阿泰都摸不着头脑。

"谁能找到我所说的'稀世珍宝',我就考虑和他结婚。"

第二天我将五位求婚者招至家中,辉夜则在里屋,没有和他们直接见面。

"今天把你们叫过来主要是关于你们求婚的事。辉夜说,谁能把她要的'稀世珍宝'带来,她就考虑和谁结婚。"

听到我的话,五人当即欢呼雀跃。石作皇子迫不及待地问:

"您所说的'稀世珍宝'究竟是什么呢?"

"世间罕见的,难以得到的东西。每个人要找的宝物都不一样。"

我拿起放在膝上的纸,宣布:

"石作皇子,你去把佛的御石钵取来。"

"佛、的、御、石、钵?"

石作直愣愣地眨巴着眼睛。

"佛用过的光彩夺目的石钵,据说能将心之所想呈现在任何地方,在天竺。"

"天、天竺?!"

石作差点儿翻白眼。可惜了一个美男子。我不予理会,继续宣布:

"车持皇子,你去把蓬莱的玉枝取来。"

"那是什么?"

自诩才华横溢的男人眉头紧皱,似乎对此闻所未闻。

"东海的蓬莱山中有一种植物,根是银的,枝干是金的,结的果实是白玉的,其树枝可以自由伸展。你去取一根回来。"

车持半张着嘴,目瞪口呆。

"下一位,阿部御主人,你去把火鼠裘取来。"

"火、鼠、裘……没听说过呢。"

"大唐一种火鼠的皮毛,只要披上它,不管身处怎样的业火之中均可来去自由,毫发无伤。"

"怎样才能得到这个宝物呢?"

"我怎么知道！"我不耐烦地说，转头看向下一个男人，"大伴御行，你去宇留间国找到栖息在大海中的龙，把它头上的玉取来。据说轻轻擦拭它便可唤来进得家门的小龙卷风，用力擦拭则可唤来足以毁灭村庄的大龙卷风。"

"哇！"

大伴御行的反应和前三人截然不同。

"我早就想屠龙了，没想到辉夜小姐竟然想要龙头上的玉！真不愧是辉夜小姐！我大伴御行这就去宇留间，一定不负使命！"

不愧是豪杰大纳言，壮志凌云。我转向最后一位求婚者：

"石上麻吕足，你去把燕子的子安贝取来。"

"那、那、那，那是……？"

石上站在摩拳擦掌、斗志昂扬、正欲出发前去屠龙的大伴身边，战战兢兢地问道。

"有岩燕栖于虾夷以北沿海的山崖上，其巢中有小小的贝壳。据说是燕子的安胎符，是个神奇的东西，人拥有后即可获得与动物会话的能力。"

"遵、遵命。"

"听清楚了吗，你们五个？明年的八月十五日在这里集合，谁能把'稀世珍宝'带回来，辉夜就嫁给谁。"

要不是昨天晚上听辉夜说，这些奇珍异宝我根本闻所未闻，听上去没有一个能轻易得到。老实说，这些家伙我都不是很满意，不过若能找到一个愿意为女人赴汤蹈火的人，那他应该可以给辉夜带来幸福吧。

四

转眼到了八月。十四日晚上，第二天五位年轻人就要再次登门了，我叫上阿泰和辉夜在客厅商议。

"石作皇子、车持皇子、阿部御主人三人已经在斜贯村住下了。石作投宿在药师家，车持在祈祷师家，阿部在富商都筑家。"

阿泰至今仍然做着售卖竹具的营生。他今天也去了集市上，不仅打听到了一些消息，还遇见了他们三个。

"我还是瞧不起他们三个，竟然想贿赂我。"

"贿赂？"

"嗯，说什么相信自己会被选中，但是万一辉夜或阿重先生有所犹豫，希望我能帮忙说两句好话。真是岂有此理！我好一顿痛骂。"

"等等，他们三个都说自己一定会被选中？也就是说，他们都取回了'稀世珍宝'？"

"我也不清楚，不过应该是吧？"

不会吧……佛的御石钵、蓬莱的玉枝、火鼠裘，他们真的取回来了？

"我再去集市上看看，说不定剩下的两个人也来了。"

阿泰说完便跑了出去，完全顾不上我说什么。

"辉夜啊。"

我对身边的辉夜说。

"要是不止一个人带回了你要的东西可怎么办？"

辉夜似乎并没有听见我的话，只是呆呆地遥望着天空。

"喂，辉夜？"

"啊、啊？"

辉夜慌里慌张地看着我。辉夜这段时间很奇怪，一到晚上就抬头若有所思地看着月亮。她向来抗拒结婚，那心思应该和爱情无关。

"辉夜啊，你最近在想什么呢？"

"没有啊，什么也没想。"

"哦……"

虽然很想问她为什么总是望着月亮，可我的原则是不过多追问，到了想说的时候她自然会和我说。

夜很快深了，我们各自睡去。

"阿重先生！阿重先生！"

"嗯？怎么了？"

我被辉夜摇醒。已经是早上了，但现在起床还为时尚早。

"我闻到一股臭味就出去看了看，结果发现阿泰先生的房子……"

辉夜脸色煞白。

我迅速跳下床向门口跑去。阿泰家就在我家下面不远的地方，我刚一打开门就看见曙光下竹林那边闪烁着橘色火光，冒出滚滚浓烟。

"阿泰！"

我抓起竹棍冲出家门。

阿泰的房子已经被大火吞噬。用石灰浆加固过的墙壁、大门以及屋顶暂且没有崩塌，东侧木窗紧闭，木窗的缝隙已经冒出了阵阵黑烟。我不禁想起以前在都城看到的地狱绘。我立即尝试打开双开门的大门，可铁制的把手已经烧得烫人，根本无从下手。我将竹棍穿过门把手用力拉了拉，大门纹丝不动。

"阿重先生！打不开吗？"

一路跟来的辉夜在身后担心地问。

"嗯，里面锁上了。"

"这么说，阿泰先生还……"

辉夜眼看就要哭了。没错，这间房子只有这一扇门可以出入，应该是阿泰从里面锁上了。

"阿泰！"

我大叫着跑向东边的窗户。既然门打不开，那就只能砸破那边的木窗进去了……我如此计划着。嘭！只见木窗伴随着巨响完全脱落，掉在墙外。我看了一眼木窗，里侧的金属锁扣牢牢地扣着。窗口钻出熊熊烈火。

"我去拿梯子。"

我正准备往家跑，手却被辉夜一把抓住。

"您拿梯子干吗？"

"从窗户进去救阿泰啊！"

"不可以！会被烧死的！"

"没办法了呀！"

我大吼。也许是我看起来过于可怕，辉夜畏怯了，霎时露出委屈的样子，说："交给我吧。"

"什么？！"

"本来不想让阿重先生知道的。"

辉夜正对着被火海吞噬的房子高高举起双手，嘴里念念有词，像是在念什么咒文。顷刻间，四周竹海翻滚，竹叶沙沙作响，竟不知从哪儿飘来一朵乌云。

"辉夜，你……"

吧嗒，一滴雨打在脸上。瞬间，大雨倾盆。

样子是美丽的人类，但辉夜似乎是来自其他世界，竟然能操控云朵……

就在我目瞪口呆之时，辉夜召来的乌云从木窗进入屋中，伴随着一阵吱吱声，火势慢慢变小，最终熄灭了。

我搬来梯子，从木窗钻进去。火是灭了，但周围白烟滚滚，什么也看不清。我摸索着走到门口，发现金属扣牢牢地扣在锁上。我抬起金属扣，开门，白烟排出后才终于看清房间的样子。

洁白如雪的墙壁、光洁如新的地板都已烧成焦炭。那根分权的竹子和玄关旁的大水缸也已烧得焦黑。房子中央仰面躺着一个男人，虽然衣服和皮肤都已被烧焦，可我还是一眼就认出来了。

"阿泰……"

离群索居的我唯一的朋友就这样离开了这个世界。

五

"啊？！有坂大人他……"

车持皇子惊叫道，眼睛瞪得像铜铃。

"这……这可真是太可怕了。"

他将红叶花纹的折扇抵住嘴角,缓缓低下头来。装模作样的样子令我火冒三丈。

吩咐辉夜回家后,我独自下山走进斜贯村,来到阿泰所说的祈祷师家门前,拼命拍打木门唤来仆人,让他带我去见车持皇子。或许是我气势汹汹的样子让他感受到了事情的紧迫,仆人二话不说就跑去通传了。

"阿泰被人杀死了。"

我压抑着心中的怒火将原委告诉车持,声音低沉得连自己都感到意外。

"怎么会这样?确定不是死于火灾吗?"

"阿泰的胸口有伤口。"

那后来,我在痛苦和慌乱中查看了阿泰的遗体和附近的情况,发现遗体旁滚落了一把阿泰随身携带的短刀,再次查看遗体才发现他胸前的伤口。

"您是说有坂大人是被刺杀的,凶手杀死有坂大人,放火烧了房子,然后溜之大吉?"

"没错,所以大门才会从里面锁住,木窗里面的金属锁扣也是扣上的。采光用的那扇窗虽然没上锁,但窗口太小进不了人。"

"哇!"

车持将合起的扇子抵在他黄瓜般细长的下巴上，那家伙脸上竟有一丝兴奋，实在令人恼火。

"你小子是不是对阿泰心存怨恨？"

"怨恨？您是说？"

"昨天你企图贿赂阿泰，结果被一顿痛骂，于是怀恨在心。"

"没有的事。"车持呼呼摇了摇扇子，"怎么能说是贿赂呢？一份心意罢了。既然有坂大人不愿意领，我也未再强求，仅凭这个就怀疑有坂大人是我杀的，实属荒唐无稽。我可是日本国有史以来独一无二的天才，《万叶集》和《怀风藻》，我十岁就倒背如流，就连天子也直言想亲自接见我。"

一通自夸后，车持咳嗽两声清了清嗓子，翘起嘴角：

"而且无论有坂大人对你们说了什么我的坏话，辉夜小姐嫁给我也几乎是板上钉钉的事情，因为蓬莱的玉枝我已经拿到手了。"车持看向房内的行李。我暂且放下阿泰被杀的痛苦，顺着他的眼神看过去。

"……你拿到了？"

"那是当然，虽然费了不少功夫，不过凭借我多年的知识和天生的机智，总算顺利带回来了。您要是想听，我倒是不介意给您讲讲。"

我气不打一处来。

也许是察觉到我的表情变化,车持立即换了话题:

"话说昨天傍晚我走在街上的时候遇到了阿部御主人。那家伙,顶着张大饼脸得意扬扬地说他拿到了火鼠裘。"

我震惊不已。难道说不仅是车持,阿部也满足了辉夜那荒唐的要求吗?

正当我难以置信之时,车持突然"啊"地发出啄木鸟般的叫声。

"堤大人,我记得有坂大人家里有一个大水缸吧?"

"有,怎么了?"

"你查看有坂大人的遗体时,有没有看一看缸里?"

"没有,看缸里干吗?"

"就在缸里啊!阿部御主人那家伙。"

还以为有什么高见呢!我恨不得给他头上来一巴掌。

"辉夜灭火前房子里可是火光冲天,就算躲在缸里也早就变成烧饼啦!"

"阿部有火鼠裘啊!"

我愣住了。

"只要披上火鼠裘,不管身处怎样的业火之中均可来去自由,毫发无伤……"

"正是如此!他甚至不用躲进水缸。想必阿部是想贿赂有坂殿下,遭拒后便起了杀心。为了营造出有坂大人因失火而死的假象,他锁好门、关好窗,纵火后披着火鼠裘静候良机。他料定住在附近的您一定会发现大火,前来救助……火灭之后您进入房间时,他就躲进缸里,然后趁您盯着有坂大人的遗体,无暇顾及其他的时候溜之大吉。"

当时我为了排烟,解开门锁打开了大门,之后注意力全在阿泰的遗体上,就算阿部从玄关旁的水缸里逃出去,我应该也发现不了。

嘿嘿,车持拿扇子抵住嘴角,露出得意的笑容。

"堤大人,还好您第一个找的是我。若非我天资聪颖,真相岂能水落石出?罢了,就让我与您一同前往吧。"

虽然每个字都让人上火,不过还真得感谢这家伙。

六

"有坂大人?啊……这……"

阿部御主人住在都筑家最大的那间房子里,听说阿泰的事情后,他擦着眼睛喃喃自语。这家伙,就连睡觉也不忘穿着有金色刺绣的衣服,真是庸俗到家了。五位随从围着他,面露担忧。

"你小子是不是拿到了火鼠裘?"

我手握着插在腰间的竹棍问。

"您是听车持说的吧?"

车持在阿部面前窃笑。阿部露出满嘴闪闪发亮的大金牙,哈哈大笑着说:

"好吧,没有什么是我买不到的。当然,这不代表火鼠裘是我亲自去大唐买回来的。"

"什么?"

"剪指甲、拔鼻毛等杂事我无一不交给下人,又岂有亲自前往大唐的道理?大海波涛汹涌,万一葬身鱼腹可如何是好?'能用钱搞定的事情就不必亲自动手'——这是我阿部家的祖训。"

啊哈……阿部打了个哈欠,擦了擦大饼般胀起的脸。

"这事儿是常盘办的。正好,常盘,把火鼠的皮衣拿出来给堤大人瞧瞧。"

"遵命。"

随从中最年轻的一位走进最里面的房间,随后捧着一个绿色包裹出来。打开包裹,里面是从未见过的红色兽皮。

"火鼠早已被古人猎尽,大唐已无火鼠。这是大唐都城长安以西百里处一个村子的老人的传家之宝,我们提出以能买五十艘船的金子跟他交换,他才终于答应出手。"

嘿嘿嘿,阿部伸手遮住嘴巴笑了起来。

"一切全靠我阿部家的财力！怎么样，堤大人？比起那些穷鬼，辉夜小姐嫁给我才能更加幸福，这是毫无疑问的。"

我现在根本没心情听他这些炫富的鬼话。

"常盘，只要披上这个，不管在什么样的大火里都能毫发无损，这是真的吗？"

"是的，当然。"

"你这浑蛋！"

我举起竹棍挥向阿部，五名随从立即上前阻拦，混乱中我竟一棍打在了常盘的额头上。

"怎、怎么回事，堤大人？！您这是干什么？"

"别装了，阿部御主人！是你杀死有坂大人的吧？"

车持喊道，随后快速讲出了自己方才的推理。阿部勃然色变，拼命摇头。

"不是的，不可能。"

"闭嘴！要不是披上了火鼠裘，那么大的火，根本不可能活下来！"

我推开一众随从，骑到了阿部身上。我一向如此，一旦热血上头，就完全控制不住自己。我举起竹棍正要朝阿部的头挥下去——

"假的！"

常盘大吼。

"什么？！"

"根本没找到什么火鼠裘……"常盘几乎哭了出来。

"不仅没找到，还被长安人好一顿讥笑，说日本来的傻子竟然真的相信有这种老鼠。我不知道该怎么办，又不敢空着手回来找阿部大人，于是就买来五张大老鼠的毛皮，在长安找了一位有名的皮匠请他缝制成一张，又找了一位有名的染匠请他染成了红色。"

我看了一眼阿部，他并不惊讶，看来是早就知道了。

"你小子……竟然想骗人？"

"哼！到底是谁骗人啊？根本就没有的东西……"

阿部突然正色，把我从身上推开。

"凭我的财力都得不到的东西，其他人根本不可能得到。唉，算了，不过这下你该明白了吧？我不可能一直在火里，那只是车持的一派胡言。"

我沉默地盯着阿部的脸，车持也一声不吭。

阿部再次露出闪闪发亮的大金牙，打了个哈欠：

"不过堤大人，您也不用太灰心。"他说。

"到底是谁杀害了有坂大人，我已经心里有数了。"

"什么？！说来听听。"

"我要是说了，您能考虑把辉夜小姐嫁给我吗？"

"快说！"我一把抓住阿部胸口的衣服。

阿部干咳了几声，说："是大伴大纳言啊。"

"大伴？"

"嗯。昨天傍晚和车持分开后我又遇到了大纳言，他也到了。那家伙一身长毛，浑身汗臭，动不动就炫耀自己的臂力和猎技，我根本不稀罕见他，于是打算绕道走开，没想到这家伙竟然从后面抓住我的衣领哈哈大笑说'没听见我让你等等吗，大财主'。那家伙说他已经拿到龙首玉了。"

龙首玉竟然也取回来了……

"我没记错的话，那龙首玉只要轻轻一擦即可唤起一阵小龙卷风吧？他杀害有坂大人放火烧家后，再唤来一阵能掀开屋顶的龙卷风就可以出去了。"

用龙卷风掀开屋顶后趁机逃脱……还真是有钱人才能想到的怪招。不过这样一来就不用开门也不用开窗了。我开始觉得眼前这个长着一张大饼脸的家伙说的是真的。

"阿部御主人，你跟我们一起走。大伴御行力大如牛，不过我们三人一起应该能制服他。"

七

大伴御行露宿在村外的荒地，此刻正坐在草席上

烤火。听完事情原委,他递给我一根树枝:

"唉,这可真是……堤大人您要不也先来一口?"

树枝上串着一整只烤焦的青蛙,大伴说这是早饭。

"不用。"

"哦,后面两位呢?"

车持和阿部也只是面露难色地摇摇头。

"那我就不客气了。"

说着便张开嘴,大口吃了起来。夜宿荒地,大清早就吃青蛙,这家伙真的是位大纳言吗?

"有坂泰比良大人的事情,真的很遗憾。各位特地前来告知,惶恐至极。"

大伴调整着火上另外一串青蛙的角度,眉头紧锁。

"不是专门来告诉你,我怀疑是你干的。"

大伴停了下来。隔着火堆,我看见他两只眼睛直愣愣地瞪着我,五官像鬼一样紧绷。

"我?"

"没错。大伴大纳言,你是不是拿到了龙首玉?"

"是阿部告诉您的吧?没错,我先去了宇留间国,找到一群粗蛮的渔民,和他们大喝一通混成朋友,然后让他们教我如何在大风大浪中与龙缠斗……"

"先不说这些,现在能给我看看龙首玉吗?"

大伴先是满脸震惊,随后一言不发地拿出放在岩石背后的包袱。人露宿荒地,包袱却是用精致的缎子做的,不愧是大纳言。

"您看。"

大伴从包袱中掏出一块玉石。看着像石头,却又有点儿透明,表面闪耀着一层微光。他将石头递给我,可似乎并没有要把它交给我的意思,甚至仿佛随时要唤起龙卷风。要是唤来一阵足以摧毁村子的龙卷风,那可就……不行,为了查清阿泰死亡的真相,绝不能退缩。

"这龙首玉只要轻轻擦拭就能唤来小龙卷风。你杀了阿泰后反锁上门又关了窗,随后放火,再唤来一阵小龙卷风掀开屋顶逃走。"

我将阿部御主人的推理重复了一遍。大伴一动不动地看着我,听我说完。话说完后过了好一会儿他仍旧一动不动。四周弥漫着恼人的青蛙皮烧焦的臭味。

少顷,大伴一把抓起木串啃下一块蛙肉,大口咀嚼。

"我说实话吧。"

大伴咕噜一声咽下蛙肉:

"我没有找到什么龙首玉。"

"什么?!"

"不仅是我,宇留间国的渔夫们也尝试通过念咒和舞蹈帮忙召唤神龙,可根本不管用。见我一筹莫展,他们看不下去了于是给了我这个,说至少看起来像是龙首玉。"

嘶嘶,大伴用衣袖擦拭玉石。别说龙卷风了,连一点儿动静也没有。

"你也打算拿冒牌货糊弄过去?"

"我本来打算今天去向堤大人还有辉夜小姐坦白的,我大伴这辈子从没有这么窝囊过。"

大伴也不是凶手。感觉又白忙活一场,大伴见状好心安慰:

"堤大人,您别难过。您听我说,虽然不是很确定,不过我想我知道杀害有坂大人的凶手是谁了。"

"你说什么?谁?!"

"石作皇子。其实在太阳落山前,我在前面那个地方遇见了石作皇子。那家伙放话说什么'天竺真是没白去,辉夜小姐是我的了',估计是拿到了佛的御石钵吧。"

就连石作皇子也……

"相传佛的御石钵能操纵光线,能将心之所想呈现在任何地方……可是石钵怎么帮他从阿泰家逃出来呢?"

"堤大人和辉夜小姐赶到的时候根本就没有火。"

大伴的话令我哑口无言。车持和阿部也一脸难以置信的样子。

"石作皇子杀害了有坂大人后，为了将现场伪装成有坂大人家失火的样子，锁上了门，又关上了窗，然后起了火，将四处点燃。不过他后来控制住了火势，使其足以烧焦屋内的所有东西又不至于引发火灾。"

能控制得这么好吗？我心存疑问，可没有多说，示意他继续。

"然后他再使用佛的御石钵的力量，让人看起来像是房子冒起了熊熊大火。"

今早的大火是幻觉？我心存怀疑。大伴坐在我面前，静静地看着烧得噼啪作响的火堆。——确实，火焰也不是什么摸得着的东西，只是一种光的现象。我开始怀疑自己的记忆了。

"……可我进去时并没有看到佛的御石钵，也没有见到石作。"

"在水缸里呀。"

车持插嘴道。

"用我之前怀疑阿部御主人时推理的那个方法就可以了。"

也就是说，他事先藏身于水缸中，在我打开门后注意力都在遗体上时再悄悄溜走。大伴御行听后也表示同意："八九不离十吧。"

"虽然火鼠裘是假的，不过只要有佛的御石钵，同样可以做到。我就说嘛，我可是赛诸葛，以我的才华推理出来的，肯定就是真相。"

车持中途打断大伴的推理，把风头抢过来后再次活跃起来，打开扇子，在胸前扇得呼呼作响。这家伙，不肯放过任何一个卖弄小聪明的机会。

"不过啊……"

我没有让他继续卖弄下去。

"这个前提是佛的御石钵得是真的吧？阿部的火鼠裘和大伴的龙首玉都是冒牌货，要是石作那家伙也弄了个假的……"

见我有所担心，大伴呼的一声站起来：

"那现在一起去找石作皇子吧！"

八

不好的预感应验了。

"不不不，不是的，不是！"

到了药师家交代完事情的经过后，我刚举起手中的竹棍，石作皇子就在车持皇子、阿部御主人、大伴御行的逼迫下急忙否认。他脸色青绿，犹如背阴处结果的梨。

"用佛的御石钵投射出火灾现场的火焰？这……"

"是你小子干的吧？老实交代！"

轻巧地躲过大伴如大树般粗壮的大手后，石作趴在地上迅速向屋子里面爬去，过了一会儿拽出来一包行李。

"这、这就是我准备明天带到堤大人家的石钵……"

那是一个从未见过的白色石钵。

"佛的御石钵不是会自己发出微微的亮光吗？这石头虽然新奇而且看上去也滑溜溜的，可不像是在发光啊？"

大伴御行质疑道。没错，辉夜确实这么说过。车持皇子随即哈哈大笑：

"这石头根本就不是天竺产的，而是大唐南面一个叫大理的遥远的地方产的。你就算能骗过堤大人，可骗不了上知天文下知地理的我。"

话音刚落，阿部御主人也笑了起来。

"少在这儿班门弄斧了，车持，我可是从小就见过大理石的。我阿部家在吉备的别院，玄关前那一块地方和洗澡间的地板铺的就是大理石。"

这家伙也同样令人火大。不过先不管了，还有事情要向石作皇子问个清楚。

"石作，看来你也没有拿到真正的佛的御石钵吧？"

石作环视一圈，盯着我们的脸一个个看过去：

"唉……是的。"

干脆地承认后，石作伸出他银鱼般纤细洁白的手指撩了撩头发。

"天竺我去了，可问遍所有富翁，没有一个人听说过那种宝物。我实在没办法，就坐在一块石头上休息，结果身边不知不觉就聚满了女人。没办法呀，我这般美貌的男人在天竺可是打着灯笼也找不到。几个女人凑过来，又是露胸脯，又是露大腿的，还对着我抛媚眼。唉，我也就满足了她们四五个人就草草回国了，这您可得好好夸夸我。美貌如我，一年里同床共寝过的人竟然一只手就数得过来，这难道不正是我深爱辉夜小姐的证据吗？"

没有一个像样的！

"所以说我不可能杀死有坂大人。不过话又说回来，堤大人，您到底在追究什么呢？有坂大人的房子里有一个采光用的小窗，那个窗户好像没有板门吧？"

"那个窗户太小，没办法进出。"

"用不着进出啊，先放几把点燃的稻草，然后再扔二三十根干树枝进去，房子不就烧起来了？"

"真是人长得越好看，脑子就越是一团糨糊。"车持又插嘴了，"谁会纠结火是怎么起来的啊！有坂大人是在房子里被刺杀的，门窗都从里面锁住了，凶手怎么出来的才是最大的问题。"

"不是，你听我说嘛。"

石作没有让车持继续说下去。

"锁上门窗的应该是有坂大人自己吧？睡觉前都会锁啊，除非半夜有女人会来，但是有坂大人那个长相应该没有吧？"

"你是说上锁的时候凶手也在房子里？"我问。

石作摇摇头：

"不是，有坂大人睡着后，凶手来到他家，从外面刺杀了有坂大人。"

"怎么做到的？"

石作看着刚刚一直顶撞他的车持说：

"车持皇子，你是不是从蓬莱山取回了真正的玉枝？"

"没错，这里只有我真正取回了辉夜小姐所期望的'稀世珍宝'。"

"那个玉枝是不是可以自由伸展长度？而且枝干是金的，枝头肯定也打磨得相当锋利吧？"

石作想表达什么已经很清楚了。包括我在内，所有人的眼睛都盯着自诩聪明的车持。石作继续说：

"你站在石头上，从采光的那个窗口偷看，确认有坂大人睡着后就将玉枝插入，对着有坂大人伸展长度，

45

最后刺进了有坂大人的心脏。碰巧有坂大人睡觉时习惯把短刀放在身边，不过要是有人仔细观察伤口就可能发现，凶器并不是那把刀。为了掩盖这一点，你打算干脆把遗体烧了，于是点燃稻草扔进了屋里。"

人长得越好看，脑子就越是一团糨糊。车持的这句话似乎并不适用于石作。虽然不合时宜，不过听了他的话，我对这个小白脸倒有点儿刮目相看了。

"喂！车持！是你小子干的吗？"

"怎、怎么会呢，堤大人？这个光长得好看的傻瓜说的话您也信？我可是比他聪明一百倍、一千倍、一万倍呢。"

一副岩石般坚硬的躯体挤了过来。

"所以制订刺杀计划也是小意思吧？"

"啊？"

大伴长满了毛的右手伸向车持，车持的双脚就这么离开了地面。

"喂！车持！赶紧交代！"

"啊呃……大、大伴大纳……呃……"

就在这时，背后传来一个声音："各位。"所有人一齐回头，只见房子的主人药师和一名小学徒出现在眼前。

"这位小学徒似乎有话要对车持皇子说。"

46

大伴松开手，车持一下摔在地上，他抚摩着喉咙看向小学徒，顿时显得慌张。

"车持皇子大人，听说您借住在祈祷师家我就一路找过来了。没有什么别的，只是想请您付清货款。"

说着小学徒从胸前掏出一张字条递给车持。

"这是字据。"

"什么情况？！"我问。

小学徒像是受了惊，眨了眨眼睛：

"这位皇子大人前些日子在我们作坊定做了玉枝……"

"闭、闭嘴！瞎说什么呢！"

我拦住把扇子扇得呼呼作响的车持，示意小学徒继续说下去。

"车持皇子大人想要一枝结着玉果的金枝，这是车持大人第一次找我们做东西，所以师父铆足了力气，车持大人也非常满意地收了货走了。"

"难道……"

我们看向车持。

"哈哈哈哈。"

这家伙试图用笑声糊弄过去。事情已经很清楚了，这四个家伙带来的所谓"稀世珍宝"全是冒牌货。

九

凶手依旧没找到。不过唯一可以肯定的是，阿泰是在求婚者提交"稀世珍宝"的当天死的，所以凶手一定在他们中间。到了现场或许就会露出马脚，我想，于是带着四人前往阿泰家。

家当已经烧了个精光，就连阿泰最引以为傲的分权竹子也被无情地烧毁，甚至没有留下一点儿痕迹，似乎从来没有存在过。四个男人眉头紧皱，却没有一个能找到真相。

阿泰的遗体上盖着阿部御主人带来的红色布料。人都死了，盖上再华丽的布料又如何，不过阿部说是一片心意我也就没有阻止。

大门旁的大水缸里空无一物。今天早上没有注意里面，现在看来的确能藏得下一个人，只要能忍受大火的高温。但是火鼠裘和御石钵——不仅这两样，这四个家伙带来的"稀世珍宝"全都是冒牌货。

"还是想不明白啊……从里面锁上门窗然后逃之夭夭，不像是人能做到的呀。"对着门锁仔细查看后大伴感叹道。

光在这里待着也不是办法，我们决定先离开。打开门一个个出来后，在通往斜贯村的那条路上，一个似曾相识的男人跛着一条腿朝我们走来。

"石上麻吕足？"我问道。

石上闻声立马低下头，慢悠悠地走了过来。他的右腿似乎受了伤。走近了仔细一看，右手也用一块布吊在胸前，脸上也有一大块伤痕。

"大、大家都在啊。"

石上畏畏缩缩地看了看我们，随后仰头大叫："啊？！"他这才注意到阿泰家的惨状。

"阿泰死了，而且大门和窗都从里面上了锁。"

"啊？"

石上不知所措地挠着头皮，一只接一只的金龟子从他胸口爬出来。

"真是个恶心的家伙。"

车持皱紧了眉头。我原本打算也问问石上，昨晚他去了哪里，最后还是没有开口。石上是五人中最老实木讷、不争不抢的，而且阿泰是他的发小儿，他不可能对阿泰下手。

"总之先去我家吧，其他的到时候再说。"

"好、好的……"

"话说你小子，身上的伤是怎么回事？"

"啊！"石上挠了挠头，"我、我从燕、燕窝里取子安贝的时候，摔、摔了下来。"

"对哦，辉夜让你去取子安贝是吧，取到了吗？"

"嗯、嗯！摔了下来，不、不过还好我用这只手抓住了。"

石上解下系在腰间的小布袋，一个小小的桃红色贝壳出现在眼前。

"这也是假的吧？"

美少年石作不屑一顾地说。虽然对石上不公平，不过我也是这样想的。辉夜没有和任何人结婚的意思，所以拿一些压根就不存在的"稀世珍宝"刁难人。

然而……

"不、不是的！有、有了这个，我能和所有动物说话。请、请稍等。"

石上麻吕足拿起子安贝贴近嘴边，抬头望着天空，小声念道："小鸟啊小鸟，快来，快来……"话音刚落，竹林四处霎时飞起一群小鸟，不一会儿便悉数落在了石上麻吕足身上。

众人无不目瞪口呆。石上紧接着再次将子安贝拿到嘴边：

"在我们头上打圈圈吧。"

小鸟们立马扑腾着翅膀在我们头上画起圈圈。

"好、好啦，快走吧！"

小鸟们立即飞走了。

"太厉害了……"阿部御主人瞪大了眼睛说,"这等宝物,就算是阿部家的难波仓库也没有啊。"

"看来胜负已分哪。"我满意地说,"有人真把'稀世珍宝'取回来了,这下辉夜也无话可说了吧。"

总是惴惴不安的石上,表情终于缓和了一些。

"唉,这也没办法。"

石作皇子长长地叹了一口气。

"只好认输了。"

"干得真漂亮,石上中纳言。"

阿部、大伴也一起称赞石上。只有车持皇子一脸狐疑地看着石上,看来是连一句服输的话也不愿意说。

"石上,快回去拿给辉夜看看吧。"

我带着众人一起回了家。

十

不知不觉间,太阳西下,暮色沉沉。

我把辉夜从家里叫出来,让石上当着她的面再次展示了子安贝的神奇。这次不仅是小鸟,他还使唤了乌鸦。

"怎么样,辉夜?这是真的没错吧?"

辉夜目不转睛地盯着从石上麻吕足手中接过来的子安贝："嗯。"她点点头，"这下可以放心了。"

她应该是在庆幸找到宝物的是石上吧。

"这样的话，辉夜啊，按照当初的约定你将嫁给石上麻吕足为妻。"

辉夜沉默不语，脸上甚至没有一丝微笑，只是紧紧盯着石上，从她眼中感觉不到丝毫感情。我有一种不好的预感。

"……辉夜，你刚刚不是说这下可以放心了吗？都这个时候了，你不会是要反悔吧？"

"这、这可不行啊。"

石上央求似的对辉夜说。

"我、我好不容易才得到的，还受了伤。请、请和我结婚吧！被、被杀害的有坂也一定会很高兴的。"

是啊——我正准备点头，却听见啪的一声。

哈哈哈哈，一阵响亮的笑声传来。

"露马脚了吧，石上麻吕足！"

车持皇子合上扇子直指石上。

"干吗呢车持，还不服输吗？"

"听我说堤大人，您想想，刚刚遇见石上的时候，您只提到过'阿泰死了'，石上怎么知道有坂大人是'被杀害'了？"

我看向石上，他的脸颊肉眼可见地越来越红。

"呃……这……刚、刚刚在有坂家门口遇见各位的时候，我、我透过门缝看见了胸口被刺的有坂……"

"嚯嚯嚯，你这杀人凶手，还敢狡辩！你来的时候，遗体已经用红布盖起来了，你是怎么看到'胸口被刺'的？而且，若不是堤大人主动讲，其他人根本不可能知道有坂大人胸口被刺，而你小子竟然知道，还敢说你不是凶手？！"

"呃……"

"可是……"我还是难以相信，于是问车持，"门窗锁上的问题怎么解释？"

"石上手中有燕子的子安贝，那可着实是个可怕的东西。"

"怎么用子安贝从上锁的房子里出来？"

"机智如我，早已识破一切。"

车持走到石上面前，对着他的胸口用扇尖猛地一杵，七只铜花金龟子先后爬了出来。

"这家伙本来就和铜花金龟子形影不离。获得子安贝后，更是能让它们言听计从。杀害有坂大人后，这家伙把木棒拨到金属扣这边，然后唤来一大群铜花金龟子让它们贴在门上不让木棒彻底落下，自己则趁机溜了出来。"

"你说什么？！"

我问，不过心里似乎已经明白车持说的机关是怎么一回事了。车持继续说：

"等自己出来后，再给铜花金龟子下命令，让它们离开。没有了铜花金龟子的支撑，木棒自然就落在了金属扣上，就这么简单。铜花金龟子那么小一只，就算有几百只也能轻松从采光的那个窗户飞走。"

比起炫耀自己的聪明，车持皇子一脸得意的样子倒更像是在欺负眼前这个木讷的老实人。

"石上，车持说的是真的吗？"

"不是，他这是找碴儿，不是我干的！"

石上的狡辩似乎有些奇怪……我很快就找到了答案——他没有结巴。不仅如此，他身体的重心也好好地落在两只脚上，看样子根本没有受伤。

"石上，你……"

我正准备上前质问，却看见石上身上闪出一道亮光。定睛一看，一张光网似的东西一圈圈死死捆在他身上。

"谢谢您，车持皇子。"

我看向辉夜，顿时目瞪口呆。

十一

辉夜身后站着一个男人。

那竟然是我。

不对,我就在这里,那不可能是我。可那家伙长得和我简直是一个模子刻出来的,就连我自己都难以相信。绑住石上的那张光网的另一端,牢牢地握在不是我的"我"手里。

"究……究竟怎么回事……?"

嘴巴已经完全不听使唤。不仅如此,我这才发现自己也被金光笼罩,无法动弹。

辉夜走到石上面前,双手掩面,随后咻地一下张开。美丽的面容不见了,眼前出现了一张扁平的石头般的脸。

"你、你是……"

石上瞪大眼睛想要逃走,脚下却像是被什么抓住了似的根本动弹不了。刚进行过一番如鱼得水般推理的车持以及其他三位求婚者无不瞠目结舌,呆若木鸡。

"辉、辉夜……究竟怎么回事……"

我艰难地微微张开嘴巴问道。

"一直瞒着您,非常抱歉。我是来自月之世界的侦探。"

"侦、探?"

"是一个地上没有的职业，侦查的侦、探索的探，可以理解为主要负责揭露罪犯的犯罪秘密并协助逮捕。"

还有这种职业？……我手脚被束缚，浑身的毛孔却似乎一下子全都张开了。扁平脸的辉夜继续说：

"就在前不久，月之世界出现了一个杀了四十二人、四处抢夺宝物的大恶人——兔边。我们这些月之侦探以兔边美丽的妻子辉野为诱饵试图将他抓捕归案，眼看就要抓到的时候却让他跑了。"

辉野？……回忆一页页翻过。

"后来有线索说兔边那家伙逃到了这里。麻烦的是，月之世界的人降临到地上后可以变换形态。兔边这家伙无法无天，肯定会找一个和自己长得完全不一样的人把他杀了，然后假扮成人家的样子继续生活。于是我们想了一个办法，由我变化成与辉野相似的模样下到地上引诱兔边出现。逃到地上后，兔边无所不有，唯独再也见不到美丽的妻子。我取名叫辉夜也是为了让兔边想起辉野。"

辉野应该就是辉夜之前那美丽的样子吧。

"我按计划落在竹林中，从落地到成长必须获得别人的照顾。在这一点上，能遇到善良的阿重先生实在是万分幸运。可是阿重先生不喜欢与人相近，除了阿泰先生，与其他人几乎没有任何交流。这样的话，我

——辉夜的美貌就没办法在世间传开,也就没办法引诱兔边。于是我决定向月之世界求来黄金,将自己的美貌展示给前来建房的木匠。"

什么?!让我建新房竟然也是计划的一部分。

"我的计划大获成功,不仅是斜贯村,消息竟然还传到了都城。令人欣喜的是,阿重先生和阿泰先生还为我举办了宴会,让我能在大家面前抛头露面。这样一来,兔边一定会过来。月之世界的男人越是遭到女人的拒绝就越是不甘心,所以我决定拒绝第一次的求婚。没想到意外发生了,向我求婚的竟然有五位……"

我想起着裳仪式翌日收到五人的求婚后辉夜眉头紧皱的样子。

——看来长得太好看也不是什么好事呢。

那不是自满,而是因为分辨不出谁是兔边而真的感到一筹莫展。

"于是我想了另一个办法。操纵光线的石钵、自由伸缩的玉枝、防火的皮衣、唤来龙卷风的玉、能与鸟兽对话的贝,这些都是兔边在月亮上盗取的宝物,地上根本没有。"

"啊?"

我不禁感叹,也终于理解了辉夜寻求"稀世珍宝"的真正用意。一般男儿不可能得到这些东西,这只是一个引诱兔边的圈套。

"阿泰先生应该是注意到了石上的异常，所以昨天晚上难得地把他叫到家中进行质问。石上——兔边担心他向阿重先生说一些不利的话导致不能娶到我，于是下手把阿泰先生杀了，一定是这样的。"

哼，兔边一副不以为然的样子。

"那家伙，一直怀疑我。昨天又说什么要一起唱小时候的儿歌，我实在受不了了。"

我恨自己此刻无法动弹，不能一拳将这浑蛋打飞。

"我也不知道他是怎么从反锁的房间里出来的……不过我觉得车持皇子说得应该没错。"

"哼，一群地上的蝼蚁，要骗你们简直易如反掌。"

兔边自言自语道，他没有反驳。我终于憋出几个字：

"为什么……为什么要放火？"

为什么要放火？回答这个问题的，不是兔边，也不是辉夜。

"是我放的。"

手牵光网的另一个"我"说。

"我是负责抓捕的。终于可以着手抓捕兔边了，我从月之世界被叫了过来。结果恰好落在了那根分权竹子上……"

"堤大人进来的时候，我还没有完全长大，心想不能被你看见，于是迅速躲进了大水缸中。"

另外一个"我"接替辉夜补充道。

我突然想起辉夜曾经说过的谜一般的话。

——到了清晨，男人会伴着火焰破竹而出，转眼就能长大成人，随心所欲地变成任何自己想要的样子。

这家伙躲在水缸里，地上可参照的人只有第一眼见到的已经死去的阿泰，还有随后赶到的我。可能是觉得死了的不如活着的，所以才选择化为我的形态吧，就像兔边当初从月亮降临时为了掩人耳目选择幻化为石上那样。

"发现阿泰先生家着火的时候，我知道是他从月亮来了。可如果是一般的火灾，阿泰先生应该逃出来了才是。我心生疑惑，于是迅速灭了火。看到阿泰先生被人刺杀后，我确信兔边就在附近。"

杀人和放火的不是同一个人。后者是辉夜的帮手。

"为……什么、不早……"

为什么不早点儿说？听到我的质问，辉夜眼中流露出一丝忧伤。

"侦探生来就是多疑的。"

——阿……阿重先生，不会是你吧？

捡到辉夜没多久的时候，她曾忧心忡忡地问我。那话的意思竟然是：阿重先生，你不会是兔边吧？回想起来,和辉夜在一起时间最长的就是我,要是我是兔边,其实已经实现在地上与美貌不输妻子辉野的人共同生活的愿望。

——这下可以放心了。

辉夜拿到燕子的子安贝时说的这句话,意思是我不是兔边,她终于可以放心了。

"有幸得到阿重先生的照顾,在地上的生活非常快乐。"

头上缓缓落下一片耀眼的金光。浮在我们头顶上的,是一辆牛车。

到分别的时候了吗?我看向辉夜。

已经褪去美貌的辉夜微微点头。

"真正优秀的侦探绝不能结婚。"

带上不停挣扎的兔边,辉夜和那位与我长相相似的男人被吸入牛车。牛车缓缓上升,等它到达竹林上空后,我们终于可以活动了。

"辉夜!"

呼声消失在空中。

牛车缓缓地、切切实实地越来越小。我和其余四人抬头目送,心中顿时百感交集。

从竹林中捡回来的姑娘竟然是侦探——协助逮捕罪犯的人。她打心底里无法相信任何人,为了达成自己的目的,即使将男人们的命运搅和得一塌糊涂也在所不惜。最痛心的是……

"阿泰啊……"

仿佛吐出哽在胸口的石头一般,我对死去的挚友小声说:

"女人可真是,不简单啊。"

夜空中悬着一轮满月。

第七次的饭团咕噜噜

哈哈,今天给大家讲一讲我听过的"饭团咕噜噜"的故事吧。

很久很久以前,有一位名叫惣七的老爷爷。惣七爷爷是个既贪婪又懒惰的人,恨不得三天就只干一次活儿,还净喜欢白日做梦:"天上就不能掉些金银财宝下来吗?"

有一天早上,惣七爷爷像往常一样没有出去干活儿,躺在家里的围炉旁滚来滚去。

"不好啦,老头子!大事不好啦!"

此刻本应在地里干活儿的老婆婆突然推开门,连滚带爬地进来。

"干吗呢,老太婆,咋咋呼呼的。"

"隔、隔壁的米八家……"

跟着老婆婆跑出屋外的惚七爷爷透过米八爷爷家的门缝偷偷看了一眼——不看不知道,一看可不得了!只见米八爷爷家金光闪闪,里面竟堆满了金银财宝。惚七爷爷哪里见过这世面,差点儿一屁股坐在地上。

"喂!米八!"

惚七爷爷推开门大声质问:

"你这家伙,这些财宝是怎么回事?"

"哎呀,惚七爷爷啊!大好事啊,你瞧,小老鼠们给了我这么一个布袋。"

"布袋?"

"昨天呀,我跟以往一样去东边的山上砍柴。中午肚子饿了,于是找了个岩石坐下吃饭,我拿出饭团正准备吃呢,结果手一滑掉了下来。饭团穿过草丛一路往坡下滚,最后咻的一声掉进了坡下的一个洞里。我家老太婆煮的饭可是又香又软,好吃得不得了,这不是浪费了嘛,我想,于是就朝洞里看了一眼。这一看可不得了,不知怎么竟然听到了奇怪的歌声——

圆圆的饭团,咕噜噜。

太阳公公,奖励我?

开心的饭团,笑哈哈。

一起来跳舞呀,谢谢他!

"那歌也太有意思了,于是我又朝洞里扔了一个饭团。你猜怎么着?歌声又传出来了。后来我干脆把带来的三个饭团全都扔进了洞里。"

"你这是干吗?蠢死了。"

"全部的饭团都扔进去后我还是想再听一听,于是就抱着膝盖像个饭团一样沿着山坡咕噜咕噜滚了下去。"

"你再蠢也不能蠢成这样吧?干吗把自己当个饭团哪!"

"你听我说嘛,惣七老爷爷。等我回过神来,发现自己已经在一个洞窟一样的地方了。那里到处挂着灯笼,亮堂得很。瞪大了眼睛看着我的,竟然是一群老鼠。一只上了年纪的栗色老鼠来到我面前问我:'难不成饭团是你投下来的?'我说是啊,老鼠们顿时开心得炸开了锅。旁边一只叫良之助的灰色老鼠突然说:'太好了,我们捣年糕感谢你吧。'说着就把我带到了大堂。老鼠们很快就不知道从哪里搬来石臼和捣杵捣起了年糕,边捣边唱——

  圆圆的饭团,咕噜噜。

  老爷爷也,滚下来。

开心的饭团，笑嘻嘻。

捣年糕来谢谢他呀，真美味！

"我太高兴了，不知不觉就跟着歌声跳起了舞。老鼠们也跟着跳了起来，还吃起了年糕、喝起了酒。快乐的时间很快过去，转眼就到了要离开的时候。长老打开大堂里面的一扇木门，拿出一个布袋递给我，说是伴手礼。"

"怎么拿这么一个破布袋当伴手礼？"

"长老说：'这是个神奇的布袋，你想要的一切它都会给你。'我虽然很舍不得离开，不过还是道了别，在大家的目送下被推出了洞穴。回到家，我试着说：'金银财宝快快来！'然后抖了抖布袋。"

"什么？然后这些金银财宝就抖出来啦？"

"对呀。"

惚七心里又悔又恨，五味杂陈。

"喂！米八。"

惚七老爷爷哗啦啦地踩着金银财宝走到米八老爷爷面前，一把抓住他的衣领：

"那个老鼠洞在东边那座山的哪里？快说！"

"沿、沿着山路往上走，快到山顶的那条岔路上，不、不是有一块形状像乌龟的岩石嘛，那旁边有一个坡，洞口就在坡下。"米八爷爷痛苦地说。

打听到洞穴的位置后,惚七老爷爷回头对跟在屁股后的老奶奶说:

"老婆子,还愣着干吗?还不快回去做饭团!"

一

惚七爷爷爬到形状像乌龟的岩石那儿的时候早已过了中午。岩石旁长着一棵板栗树,叶缝一闪一闪地抖落着阳光,非常好看。可他根本顾不上这些。

"在哪儿呢?……通向老鼠洞的山坡。"

惚七爷爷匍匐在地上,在岩石旁边的草丛中仔细寻觅,就在这时:

"哟,这不是惚七爷爷吗?"

有人在叫他。惚七爷爷抬起头,通往邻村的那条山路上,田吾作正向自己走来。

"太阳打西边出来啦?懒汉惚七爷爷竟然进山了。"

"我就不能进山吗?"

"可以可以,当然可以。惚七爷爷啊……俺娘病了,医生说她可能没多少时日了。俺娘最喜欢八月瓜了,俺想着在她走前最后再给她吃上一口,这不,正在找呢。"

"八月瓜？你瞎说啥呢，这才刚夏天，八月瓜不是秋天的吗？"

"俺想着看哪里能不能找一个。"

"没有没有，现在没有。"

"这样啊……"

田吾作是和惚七爷爷同村的年轻人，脑子好像不太灵光。

惚七爷爷不耐烦地摆了摆手，田吾作嘴里念叨了一句"看来是真没有啊"便沿着回村的路下山去了。

"烦死了，什么有的没的。"

就在惚七爷爷小声嘀咕时，有什么掉了下来。

"疼！什么呀，这是？"

他抬起头，只见一个东西从茂密的枝叶间唰的一下溜走了。滚落在脚下的，是一个绿色的栗毛球。它先是落在脚下，然后咕噜噜地滚向草丛。惚七爷爷突然有了主意，他跟着栗毛球一路拨开茂盛的草丛。

"找到啦！找到啦！"

那是一个下行的山坡，树根盘根错节在这里组成梯子的形状。山坡下是一个孤零零、黑漆漆的洞穴。

惚七爷爷立马拿起岩石上放着的饭团，解开竹皮包裹，抓起三个饭团一股脑儿全丢了进去。饭团像是受到了什么吸引似的迅速向洞底滚去,过了一会儿……

  圆圆的饭团,咕噜噜。
  太阳公公,奖励我?

"听见了!"

惣七爷爷赶紧双手抱膝,将自己蜷成一个球,沿着山坡咕噜咕噜滚了下去。

回过神来,似乎的确是到了一个洞窟里。这里处处挂着灯笼,灯火通明。

眼前立着三个和他等身大小的饭团,周围还有白色、黑色、灰色、栗色等各种颜色的老鼠,像人一样两条腿站在地上,他们正在跳舞。不可思议的是,这些老鼠的个头儿竟然和惣七爷爷差不多。

(从饭团的大小来看,估计是我滚下来的时候身体缩小了。)

"哇哈哈,太开心了。"

一只黑色老鼠笑哈哈地从饭团间探出头来,脸上、身体上都沾满了饭粒。

"喂!黑丸,怎么这就吃上了!"

一只握着手杖的年老的栗色老鼠说着便冲黑色老鼠的头上捶了一拳,这时他终于注意到了惣七爷爷。

71

"欸？难不成这三个饭团是你投下来的？"

"没错！"

"不是上次那个爷爷呢。"

"长老，我们像上次那样捣年糕庆祝吧，怎么样？"

被称为长老的老鼠身旁站着的高个儿灰色老鼠提议道。虽然是只老鼠，却一脸的聪明相。

"就是就是，良之助说得没错，捣年糕吧！"

周围的老鼠们也纷纷附和，长老点了点头。

惚七爷爷被老鼠们领到一个宽敞的大厅，大厅的地上铺着凉席，里面的墙上有一扇木门。

（就是那儿！老鼠们送给米八的布袋就是从那儿拿出来的……）

大厅中央是一座用细木搭建成的瞭望台塔楼，上面吊着的是一个鼠头形状的吊钟。

（这塔楼又细又高的，像是随时要塌下来。）

惚七爷爷心里正嘀咕呢，几只年轻的老鼠很快就搬来了石臼和捣杵。

"等不及啦！我们快开始吧！"

身上沾满饭粒的调皮鬼——黑色老鼠黑丸高高举起双手率先唱了起来：

圆圆的饭团，咕噜噜。

老爷爷也，滚下来。

开心的饭团，笑嘻嘻。

捣年糕来谢谢他呀，真美味！

老鼠们欢快地唱着歌捣起了年糕。

惚七爷爷却提不起丝毫兴致，他特别讨厌唱歌和跳舞。看见他这个样子，一只小小的白色老鼠姑娘一脸疑惑地问：

"怎么了？你不跳舞吗？之前的那位老爷爷可是和我们一起跳了呢。"

（米八这家伙，净给我找麻烦！）

"可我不会跳呢。"

"这样啊，那就请多喝酒吧！"

白色老鼠姑娘一手递来酒杯一手拿着窄口酒壶准备倒酒，可惚七爷爷根本无心理会。老鼠们的捣年糕舞迟迟没有要结束的迹象，惚七爷爷已经按捺不住了。他想了个办法。

（老鼠应该都怕猫，一旦我发出猫叫声，他们肯定立马四处逃窜。等所有老鼠都逃走后再去打开那扇木门就好了，打开门拿到那个神奇的布袋后再迅速溜之大吉。）

既然决定了，再等下去就是浪费时间。惚七爷爷站起来，猛吸一口气，沉入丹田：

"喵！"

"猫来啦！""啊！""救命啊！"

老鼠们顿时四处逃窜，捣杵被扔在地上，石臼也倒了，年糕上面沾满了沙土，现场乱作一团。哈哈！果然不出所料！惣七爷爷窃笑。

灯突然灭了。

眼前一片漆黑。

"猫在哪儿啊？！""妇女儿童先跑！""啊！"

老鼠们依旧尖叫不止，东逃西窜。

突然发生意料之外的情况，惣七爷爷也一时乱了阵脚。

"喂！喂！快把灯打开！开灯！"

"救命啊！""猫来啦！""惣七爷爷！"

（嗯？刚刚好像有谁叫我？）

就在惣七爷爷迟疑之时，突然听见一声巨响。随后便传来嘎吱嘎吱的木头断裂的声音，像是什么东西正在倒塌。

"啊！塔楼！"

砸到头就完啦！惣七爷爷抱住头蹲在地上——

轰！

似乎是吊钟砸下来了。

二

惣七爷爷发现自己在山里。阳光穿过树叶照下来。

"欸？"

他环顾四周，发现自己正坐在那块乌龟状的岩石上，竹皮包着的饭团也原封不动地放在那儿。怎么回事？……我不是在老鼠洞吗……

"哟，这不是惣七爷爷吗？"

他猛地回头，发现田吾作正沿着通往邻村的那条山路爬上来。

"太阳打西边出来啦？懒汉惣七爷爷竟然进山了。"

"你刚刚已经说过啦。"

"嗯？真是个古怪的老头儿……"

"古怪的是你！"

"惣七爷爷啊……俺娘生病了，医生说她可能没多少时日了。俺娘最喜欢八月瓜了，俺想着在她走前最后再给她吃上一口，这不，正在找呢。"

"这个也说过啦，八月瓜是秋天的。"

"俺想着看哪里能不能找一个。"

"要我说几次？都说了现在还不是时候。"

"这样啊……"

田吾作一脸疑惑地下山了。"真是个奇怪的家伙！"

75

"到底怎么回事?"——两种不同的情绪一齐涌上惣七爷爷的心头。

砰!什么东西掉在了头上。

抬起头,只见一个东西从头顶的树枝间一蹿而过,很快便消失在茂密的枝叶中,和之前一样。

一个绿色的栗毛球从脚下滚过。

惣七爷爷解开竹叶包,里面整整齐齐地摆着三个饭团。

"怎么回事?!刚刚不是都扔进洞里了吗?"

惣七爷爷抓起饭团,拨开绿草,果然找到了那个洞穴。他对着洞口一个接一个地把三个饭团全都扔了进去。

　　圆圆的饭团,咕噜噜。
　　太阳公公,奖励我?

老鼠们的歌声传来。

(虽然莫名其妙,不过也只好再下去一次。)

惣七爷爷双手抱膝滚了下去。

下面的景象和之前相比没有任何变化,一个像洞窟一样的地方,亮堂的灯笼,三个硕大的饭团,白色、黑色、灰色、栗色等各种颜色的老鼠们正在跳舞,脸上沾满了饭粒的黑丸从饭团间探出头来。

"哇哈哈,真开心。"

"喂!黑丸,怎么这就吃上了!"

年老的栗色老鼠说着便照他头上捶了一拳,然后注意到惣七爷爷。

"欸?难不成这三个饭团是你投下来的?"

"没错!"

"不是上次那个爷爷呢。"

"长老,我们像上次那样捣年糕庆祝吧,怎么样?"

"就是就是,良之助说得没错,捣年糕吧!"

周围的老鼠们纷纷附和,长老也点了点头。惣七爷爷被领到一个宽敞的大厅,石臼和捣杵搬了过来,年轻的老鼠们开始捣年糕。

　　圆圆的饭团,咕噜噜。

　　老爷爷也,滚下来。

　　开心的饭团,笑嘻嘻。

　　捣年糕来谢谢他呀,真美味!

"怎么了?你不跳舞吗?"

白色的老鼠姑娘走过来问。

"之前的那位老爷爷可是和我们一起跳了呢。"

到了这一步，惣七爷爷也无奈地选择接受了眼前的一切。

（虽然搞不清楚是怎么回事，总之先把刚才的事情再重复一遍吧。）

"可我不会跳呢。"

惣七爷爷应付道。

"这样啊，那就请多喝酒吧！"

老鼠姑娘递来酒杯，倒上酒。惣七爷爷喝了一口酒，含在嘴巴里，冷不丁地想起：刚刚好像就是这会儿学了猫叫。

再给他们来一次！——惣七爷爷才不会这么傻呢。要是又回了山里可受不了，宝物也拿不到。而且，要是又来一次可怎么办？惣七爷爷喝着酒，不知如何是好，感觉这也不是，那也不是。

时间一点点过去，眼看年糕就要捣好了。就在这时：

"长、长老！"

一只青鼠打开客厅的隔扇冲了进来。歌声与舞蹈戛然而止，在石臼旁和大家一起庆祝的长老不耐烦地转过头来。

"怎么了，忠三郎？"

"万福死在了豆仓里！"

"什么？！"

"您快来看看吧。"

大家跟着那只叫忠三郎的青鼠陆续离开大堂。

"这可不妙,惣七爷爷也一起过来吧。"

惣七爷爷被老鼠姑娘牵着站起身来。

"等等,豆仓是什么地方?"

"是洞穴最里面的屋子,原本是供奉观音菩萨的地方,后来老鼠数量越来越多,现在则用来存放大豆以备不时之需。"

老鼠姑娘牵着惣七爷爷一边往外走一边解释道。

"万福先生向来贪吃,肯定又去偷吃了。"

穿过蜿蜒曲折的小路,最后来到一扇黑色的门前。门是开着的,大家直接走了进去。仓库里,豆子像小山一样高高堆起,一座巨大的观音像埋在豆子里只露出上半身。仔细一看,观音的脸竟然是一只老鼠的样子。发着闪闪金光的鼠面观音——真是一幅奇妙的景象。

眼前滚落着一个吃了三成左右的饭团,饭团旁仰面躺着一只硕大如相扑力士的黄色老鼠。

"万福,喂,万福!醒醒!"

长老提起手杖杵了杵大老鼠的身体,没有任何反应,只有胸前的大肚子微微摇晃了几下。

"长老,您看看他的脖子。"

听到忠三郎的提醒,长老看向万福的脖子。

"怎、怎么回事？脖子上有被勒的痕迹！"

"是的，万福是被勒死的。"

鼠群顿时炸开了锅。

"啊！万福！"

黑丸趴在硕大的尸体上哭了起来。

"到底是谁啊，太残忍啦……"

惣七爷爷站在鼠群的最外围，旁观着眼前发生的事情，突然意识到——大家都盯着那只大老鼠的尸体，要想神不知鬼不觉地找到宝物，现在再合适不过了。

惣七爷爷蹑手蹑脚地离开豆仓溜回大堂，他小心翼翼地，不让围着尸体哇哇大哭的老鼠们察觉。

石臼、捣杵还有年糕都还是离开时的样子。他来到那扇一开始就觉得奇怪的木门前，握住把手试着拉了一下。

门打开了一条缝隙，但是再拉却一动不动了，似乎是上了锁。

（老鼠做的锁而已，用力一拉肯定就坏了。）

惣七爷爷铆足了劲儿猛地一拉，门缝比刚才宽了一些。快了，宝物布袋马上就要到手了！

也许是手心冒了汗，第三次铆足了劲儿猛拉时惣七爷爷手上一滑，顺势向后退了几步撞到了什么东西，耳边传来嘎吱嘎吱木头折断的声音。

"啊!"

回过神来已经晚了,断裂的承重柱根本承受不了吊钟的重量,瞭望台转眼就倒了下来。

"啊啊啊!"

惚七爷爷双手抱头。吊钟毫不留情地砸了下来——

轰!

三

惚七爷爷发现自己在山里。阳光穿过树叶照下来,屁股下面坐着乌龟状的岩石,旁边是用竹皮包好的饭团。

"哟,这不是惚七爷爷吗?"

田吾作正沿着山路爬上来。

"……又回来了。"

"太阳打西边出来啦?懒汉惚七爷爷竟然进山了。"

"是吊钟,钟声一响就会回到这里。"

"你在嘀咕什么呢,惚七爷爷?惚七爷爷啊……俺娘……"

"八月瓜是秋天的!"

"咦?你咋知道俺在找八月瓜?"

"烦死了,快滚!"

傻里傻气的田吾作一脸疑惑地沿着回村的路下山了。随后，啪嗒一声，绿色的栗毛球砸中爷爷的头之后落在地上，随后往草丛滚去。

"哼！"

惣七爷爷恨恨地跺了一脚。

"既然这样，我无论如何都要得到宝物！"

惣七爷爷解开竹皮，抓起三个饭团拨开草丛，一股脑儿全部丢入洞里。他恨不得自己也立马就滚进去，又担心听到老鼠们的歌声前就进去会不会发生什么错乱。

圆圆的饭团，咕噜噜。

太阳公公，奖励我？

"走！"

他双手抱膝滚了进去。洞中迎接惣七爷爷的是他已经再熟悉不过的老鼠们。

"难不成这三个饭团是你投下来的？"

一拳教训完身上沾满饭粒的黑丸后，老鼠长老问道。

"没错！"

惣七爷爷一边应付长老一边盘算，究竟怎么样才能偷到那扇木门后藏着的宝袋。和老鼠们唱歌跳舞一起庆祝,最后让老鼠们把宝袋作为礼物送给他这个方法实在太费劲儿了,贪婪又性急的惣七爷爷根本不会考虑。

"长老,我们像上次那样捣年糕庆祝吧,怎么样?"

"就是就是,良之助说得没错,捣年糕吧!"

惣七爷爷被带到第一回和第二回去过的那间大堂,老鼠们很快就捣起了年糕、跳起了舞。

圆圆的饭团,咕噜噜。

老爷爷也,滚下来。

开心的饭团,笑嘻嘻。

捣年糕来谢谢他呀,真美味!

"我也要捣年糕!"

浑身漆黑的黑丸从年轻老鼠手中一把夺过捣杵。

"圆圆的饭团,咕噜噜……嘿、嘿、嘿。"

黑丸身材瘦小,捣杵在他手上太重了。看着他摇摇晃晃逞能的样子,其他老鼠哈哈大笑。老爷爷突然有了新的主意。

(捣杵!用捣杵把门撞坏就好了!)

刚刚已经试过一次,惣七爷爷心里有数,那扇木门不算特别厚。用捣杵撞个十次左右应该就能撞开。

83

"你好……"

就在这时,一个细声细气的声音传来。回过头来,白鼠姑娘已经递来了窄口酒壶。惣七爷爷接过酒杯,将老鼠姑娘倒的酒一口喝下。一想到宝袋即将到手,惣七爷爷就乐不可支,酒也变得美味了。

(接下来只要等那只叫忠三郎的青鼠过来就好了。)

"你好……"

白鼠姑娘看着爷爷,一副欲言又止的样子。

"什么?"

她应该是要问:你不跳舞吗?

可她的样子并不像是要问这个。

"我叫初雪。"

(突然介绍自己干吗?而且区区一只老鼠,竟然还取了这么个风雅的名字。)

惣七爷爷感到不屑的同时又隐约觉得哪里不对劲儿。这只老鼠……似乎和之前的表现不太一样。

名叫初雪的老鼠看了看周围的情况后凑了过来。

"突然这么问您也许会觉得奇怪……"

"什么?"

初雪凑到惣七爷爷耳朵旁,小声问:

"爷爷,您是不是反复掉进这个洞里?"

"啥?!"

惣七爷爷大为震惊,手上的酒杯也摔在了地上。

"长、长老!"

就在这时,忠三郎冲了进来。

"怎么了,忠三郎?"

"万福死在了豆仓里!"

"什么?!"

"您快来看看吧。"

老鼠们乱哄哄地离开大堂。惣七爷爷看了一眼,黑丸也扔下捣杵跑了出去。惣七爷爷本打算继续留在这里用捣杵把木门撞开,可初雪的话让他耿耿于怀。

"你怎么知道……"

"惣七爷爷也一起去吧。"

初雪没有回答,只是牵起惣七爷爷的手。没想到初雪的力气竟然这么大,一个劲儿地拉着爷爷向前走。

来到豆仓后,饭团旁边仰面躺着一只胖胖的老鼠,已经死了。一切都和上次一样。

"啊!万福!"

黑丸趴在尸体上哭了起来。

"到底是谁啊,太残忍啦……"

长老皱紧眉头看向忠三郎。

"究竟怎么回事?仔细说来听听。"

"我也不知道啊!万福的力气大,我就想着叫他来帮忙捣年糕，然后到处都没有看见他，于是就问豆仓前的王竹和玉竹，他们说他在里面，结果我打开门……"

鼠群顿时闹哄哄的。

究竟是谁杀了万福，惣七爷爷根本就不在乎。初雪的话倒是让他有些耿耿于怀，但是和宝袋比根本就无关紧要。

"王竹、玉竹，这究竟怎么回事？"

长老问的是两只身上带点儿绿色的老鼠。两只老鼠几乎长得一模一样，脸上棱角分明，应该是一对双胞胎。他们的身上和手上缠着一圈又一圈的绷带。

"当时我们一直在豆仓前下鼠棋……"

"等等！你们不是前天在外面受伤，用不了手吗？"

"鼠棋用牙齿就能下。"

"哦，'一直'指的是从什么时候开始？"

"当时有人来告诉我们'投饭团的老爷爷回去了哦'，在那之前我们就一直在下棋。"

应该是米八，惣七爷爷猜测。

"啥？你们下的时间可够长的……继续说吧。"

"好的。后来不知道过了多久，万福用两只手举着饭团顶在头上，走过来说长老让他把这个饭团放进豆仓里，然后就进去了。当时我看了里面，谁都不在。"

"嗯,确实。上次那位老爷爷给的饭团还剩一个,我就让万福放进豆仓里准备今天晚上再吃。"长老说。

看来尸体旁边那个饭团就是米八的。

"然后一局还没下完忠三郎就来了,他问万福在不在,我说在里面。忠三郎打开门后立马就哇的一声大叫……"

惣七爷爷悄悄松开初雪的手。初雪正听双胞胎的话听得入迷,此时谁也没有留意惣七爷爷。

"也就是说,万福进去以后直到忠三郎进来,没有谁进过仓库?"

"是的。"

"也就是说,忠三郎,是你杀了万福?"

"怎么可能?我一打开门就看到了万福的尸体。"

"忠三郎说得没错,长老。"双胞胎的其中一个说,"忠三郎没有杀死万福的时间,是吧,玉竹?"

"嗯,没错。"

"王竹、玉竹,不会是你们两个吧?"

"你看我们的手根本就动不了,怎么能勒死万福?"

"没错。"

"那到底是谁干的?要进这个仓库只有这一扇门,他是怎么溜进豆仓,杀死万福之后再出来的……"

惣七爷爷打算趁老鼠们不注意悄咪咪地返回大堂。

87

"王竹先生。"

初雪大喊一声,惚七爷爷吓了一跳,愣在原地。

"或者玉竹先生也行,请问万福先生进豆仓是在老爷爷来这里之前吗?"

"老爷爷?""谁呀?"

"这位老爷爷。"

初雪指着惚七爷爷说。惚七爷爷战战兢兢地回过头来,老鼠们的目光全都落在了他身上。惚七爷爷只好傻笑着糊弄过去。

"啊,这么说来,玉竹,当时好像听见洞口那边传来了《圆圆的饭团》那首歌?"

"啊!听见了,听见了。那首歌是庆祝那位爷爷滚下来才唱的吧?万福是在我们听到这首歌之前进的豆仓。"

"没错。"

初雪满意地点点头,看向长老。

"长老,请恕我冒昧,我有一个主意。我们请这位爷爷帮忙寻找杀死万福先生的凶手,怎么样?"

"什么?"

惚七爷爷差点儿跳了起来。

"到底是谁,又是怎么杀死万福先生的,我们都不知道,但是唯有这位爷爷是在万福先生进入豆仓后才进到洞里的,他不可能杀害万福先生。"

"嗯……也就是说,现在这里老爷爷是唯一可以信任的人……"

"没错没错!"周围的老鼠们也开始起哄。

事情越来越麻烦了……

"我没记错的话,在人类世界里这种角色应该叫侦探?"

初雪说。

什么侦探不侦探的……不过是传说中辉夜公主带来的概念而已,和我有什么关系,真是麻烦死了,惣七爷爷心想。不过很快他就改了主意。要论鬼主意,可没人比得过他。

"好好好,我知道了。"

惣七爷爷上下挥了挥手,示意老鼠们安静。

"不就是抓到杀害万福的杀人凶……杀鼠凶手让他接受惩罚嘛,小菜一碟啦。"

"那就……"

"不过啊,侦探是需要报酬的,而且得预付。"

"预付?"

长老的眼睛瞪得溜圆,似乎是从来没听过这个词。

"也就是先付礼金啦,你们不是有个布袋吗?有了这个布袋就可以得到任何想要的东西。"

"哦哦,有的有的,把布袋给您就行了,是吧?"

"没错!"

长老领着爷爷向刚才那间大堂走去,其他老鼠也接二连三地跟了过来。

长老站在木门前,不知道从哪里掏出一串钥匙打开门,里面果然有一个布袋。长老把布袋拿在手上交给惚七爷爷。

"这样就好了吗?请您一定要找出杀害万福的……"

"好好好,知道了。"

(拿到这个就万事大吉了。)

惚七爷爷转身面向所有老鼠。

"接下来我要开始调查了,大家都不要出大堂哟。"

老鼠们你看看我,我看看你,闹哄哄的。

"嗯……老爷爷,"初雪一脸不理解的样子,问道,"为什么不能出大堂呢?"

"你们都到处乱跑,要是杀鼠凶手趁机消灭了证据,那可怎么办?你想过吗?"

"哦,原来是这样啊。大家听好了,都听这位爷爷的,不要乱跑。"

长老已经完全被唬住了,惚七爷爷不禁窃笑。

"一会儿再见。"

惚七爷爷独自走到门口,吧嗒一声关上大堂的隔扇。

惣七爷爷把宝袋夹在腰带上,回到自己掉下来的地方——突兀地出现在过道上的洞口。只要钻出洞口就能靠着手和脚的支撑爬上去,可是洞口太高,手根本够不着。惣七爷爷环顾四周,看有没有能用来垫脚的东西,于是发现自己扔下来的三个饭团还堆在旁边。他将其中一个饭团滚到洞口下方,不顾身上沾满了饭粒,开始向上爬。

"嘿哟。"

惣七爷爷站在饭团上纵身一跳,试图跳出洞口。

"啊!"

头上和肩膀突然传来一阵刺痛。

"啊啊啊!"

惣七爷爷从饭团上滚了下来,腰部狠狠地摔在地上,头上也疼痛难忍,好像是被什么扎到了。耳边吵吵嚷嚷的,老鼠们正往这边跑来。

"这、这是怎么了?"

是长老的声音。

"他头上扎着荆条的刺呢!好像是中了圈套!那个刺装在洞口,从外面进来的时候不会卡住,但是从里面出去的时候,如果不先拿开就会中招。"

"哼!米八这家伙,有这么个鬼玩意儿也不告诉我……"

惚七爷爷想要拔掉扎在头上的刺却怎么也拔不出来。不仅如此，手还被扎出了血。

"哼……"

长老声音低沉，冷冰冰的。

"看来你这家伙是打算拿了布袋就跑路啊。"

"什么？！""竟然敢骗我们！""这个人也太坏了。"

老鼠们开始议论纷纷。

"啊，不是……"

没有谁愿意听惚七爷爷的辩解，鼠群中腾起的杀气火辣辣地灼烧着他的皮肤。

"你是不是瞧不起我们老鼠？老爷爷，看来你还没有领教过老鼠真正的恐怖。"

惚七爷爷眼前出现了数十只老鼠的眼睛，每只眼睛都红通通的，每只眼睛都充满了愤怒。

"不、不要啊。"

"上！"

"叽！""叽叽！""叽叽叽！"

老鼠们一起冲了过来！惚七爷爷的头发一片接着一片地被拔掉，衣服也被撕得破烂不堪，他的脸、头、胸口、肚子、脚都被老鼠们的爪子和牙齿弄得皮开肉绽。惚七爷爷感到一阵钻心的疼痛，简直像是被人用插花的针盘在身上摩擦了一遍。

"啊……"

简直是地狱般的折磨。

(好痛!好痛啊!……啊!怎么会这样……我不想死,不想死啊!)

在老鼠们暴风雨般的攻击下,惣七爷爷感到深深的后悔。可是已经太晚了,他浑身是血,意识逐渐模糊……

轰!

四

惣七爷爷发现自己在山里。阳光穿过树叶照下来,屁股坐着乌龟状的岩石。

他惊觉,摸了一下头和肩膀——没有荆条的刺,衣服也没有破,撞伤的腰也不疼了。

"哟,这不是惣七爷爷吗?"

惣七爷爷回头,田吾作正沿着山路爬上来。他那无所事事的样子,让惣七爷爷心头涌上一股无法言喻的安心感。

"太阳打西边出来啦?懒汉惣七爷爷竟然……"

"田吾作!"

惣七爷爷忽地站起，跑到田吾作面前握住他的手。

"你是叫田吾作吧？"

"嗯？啊，出生的时候俺爹给俺取的哇。"

"太好了！回来了！"

惣七爷爷仔细回想刚才发生的事情。在老鼠们狂风暴雨般攻击之时，不知怎的，吊钟竟然响了，然后一切又回到了原点。

"唉，要说啊……"

"哦哦哦！八月瓜，是吧？"

"咦？你咋知道俺在找八月……"

"你小子的事情我可啥都知道。听好了，现在是夏天，没有八月瓜，不过我可以给你个好东西。"

一想到一切又恢复如初，这个呆头呆脑的小子也看起来有那么点儿可爱了。惣七爷爷解开竹皮包。

"瞧！饭团，给你了。"

那鬼地方我可再也不想去了，宝袋也可以不要，把饭团都给田吾作也好死了这条心，惣七爷爷心想。

"哇！闻起来好香啊，真的要给俺？"

"嗯，你都吃了吧！"

"爷爷心真好。"

惣七爷爷连同竹皮一起，把饭团全部给了田吾作。田吾作张开嘴巴咬了一口，皱起眉头。

"啊……这米咋还夹生嘞？"

"哦？让你惣七奶奶匆忙做的，可真对不起啊。"

"这么难吃的饭团俺还是头回吃到。"

田吾作发着牢骚正要再吃一口时，一个绿色的栗毛球啪嗒一声掉了下来。

"哎哟！"

田吾作下意识地双手抱头，饭团一不小心掉了下来。右手拿着正要吃的和左手竹皮包里的两个都掉在了地上。

"田吾作！你怎么回事！"

惣七爷爷慌忙追着饭团跑了出去，可是已经太迟了。三个饭团紧跟在绿色的栗毛球后头，一个接一个全都滚进了老鼠洞里。

　　圆圆的饭团，咕噜噜。

　　太阳公公，奖励我？

　　开心的饭团，笑哈哈。

　　一起来跳舞呀，谢谢他！

"这是什么声音啊，惣七爷爷？"

田吾作问道。惣七爷爷什么也没有说，他听着洞里传出的歌声，方才被攻击的恐惧逐渐化为愤怒。

（臭老鼠，竟敢戏弄我！）

一度放弃宝袋的惚七爷爷越想越气不过，怒火中烧，他与生俱来的恶意逐渐膨胀。

（我非要把袋子夺走不可！）

"田吾作，你快回去，没你什么事了。"

"欸？可是……"

"快回去！"

赶走田吾作后，惚七爷爷双手抱膝坚决地滚入战场。

"哇哈哈，真开心。"

一无所知的黑丸从饭团间探出头来，脸上沾满饭粒。一拳教训完他后长老发现惚七爷爷。

"难不成这三个饭团是……"

"是我。"

惚七爷爷压住心中的怒火说。大家一起到大堂，开始捣年糕，老鼠们又唱又跳，一切都和之前一样。

（哼！这群臭老鼠，等我把袋子拿到手就用稻草一把火把洞给烧了！把你们全都熏出来！）

"怎么了？你不跳舞吗？"

正想着怎么报复的时候，初雪走了过来。

"之前的那位老爷爷可是和我们一起跳了呢。"

"跳什么跳？有什么好跳的！"

"这样啊，那就请多喝酒吧！"

惣七爷爷接过酒杯喝了一口酒……

（嗯？）

他意识到一件事情。

（这只白老鼠应该知道我在轮回才对。）

可眼前的初雪却一副懵懂无知的样子，殷勤地递来窄口酒壶给惣七爷爷倒酒。

爷爷顿时警惕起来。

"喂，初雪。"

"欸？"初雪露出震惊的表情，"你怎么知道我的名字？"

"你在说什么呢？上一次你不是说了你叫初雪吗？"

"嗯？上一次是指……"

看样子初雪是真觉得不可思议，完全没有装傻充愣的样子，而且装傻充愣对她也没有什么好处。

（是这一次她不知道吗？）

究竟咋回事？哎，算了。惣七爷爷决定不再纠结。

（而且这代表我上次准备抢走袋子的事情她没有看到，也就是说她还不知道我的真正目的，正好。要是她去向长老告状，那可不得了。）

"长、长老！"

隔扇打开，忠三郎冲了进来。

得知万福被杀，所有老鼠先后走向豆仓。万福躺在豆仓中。

"啊!万福!"

黑丸哭着扑了上去。

"到底是谁啊,太残忍啦……"

长老说的话和上次一样。王竹、玉竹解释过后,惣七爷爷以为初雪会像上次那样提议请他帮忙找出犯人,结果她一句话也没有说。

(看来这次她是真的啥也不知道,唉。)

"大家听我说!"

惣七爷爷用洪亮的声音喊道。所有老鼠一齐看向爷爷。

"我来帮你们搞清楚究竟是谁杀了万福吧——我就是侦探。"

"您说什么?"

长老愣住了。

"你们想啊,我是刚来这里的,要说这里谁绝对不可能是凶手,那只有我。而且人可比老鼠聪明多了,这个你们自己也知道吧。"

老鼠们你看看我,我看看你,议论纷纷:"是吗?""好像还真是。"

"那、那就拜托您了,'侦、探'。"

听到长老发话,惣七爷爷更加强硬了。

"那好吧。不过啊,侦探可是需要报酬的,这是人类世界的常识,你们也不能例外。"

"什么报酬呢?"

"比如……要是能有个想要什么东西都能给的布袋就好了。"

"哦!我们刚好有这么个布袋。你要是找到杀害万福的凶手,就把布袋给你。"

惚七爷爷微笑着点点头。

"好啊。长老,能借一间小屋子给我吗?我要逐一对所有老鼠问话。问完就能发现有的老鼠口供对不上,凶手的谎言也就拆穿了。"

"哦……原来是这样!那就……那间橡子仓怎么样?"

除了豆仓,还有用来存放橡子的橡子仓吗?

"那就那间吧。还有,大堂瞭望台上的吊钟,把它卸下来找个地方放好。"

"为什么?"

"这都是为了你们好。那个瞭望台摇摇晃晃的搞不好什么时候就塌了,到时候吊钟砸下来就完啦。快提前把它卸下来收好,不要让任何老鼠碰到。"

惚七爷爷葫芦里卖的到底是什么药呢?答案很简单——他要找到杀害万福的凶手!所以提前把吊钟收

好，避免到时候钟声一响，一切又恢复如初。

一只肥老鼠被杀害了，死在豆仓里。自从这只老鼠进入豆仓后，谁都没有进入豆仓，直到别的老鼠发现他的尸体。也就是说，这是一起不可能的犯罪。反过来说，只要查清楚手段就能知道到底是谁干的。

（老鼠们这榆木脑袋想出来的伎俩，我还能搞不清楚？）

坏心肠的惚七爷爷丝毫没有要帮老鼠们破案的心思。他只是觉得比起和老鼠们又唱又跳的，看穿他们的小把戏要简单得多，仅此而已。

可开始问话后没多久，惚七爷爷就感到一个头两个大了。

洞里一共住着六十六只老鼠。老鼠们远比人类想象的更加不消停，更加随心所欲。这会儿还在这里啃树根呢，那会儿就去了隔壁房间多管闲事，动不动就跳舞，动不动就累得睡着了。这些玩意儿是一刻也不消停，要完全把握他们的行动根本不可能，也没办法知道谁撒谎了。

"唉……"

束手无策的惚七爷爷走出橡子仓，向豆仓走去。

他打开涂成漆黑的木门走进豆仓。他懒得关门了，索性就让门这么开着。已经被吃掉三分之一的饭团旁躺着万福的尸体，上面已经盖上了草席。周围全是大豆堆成的小山。惚七爷爷很快就在一座座豆山间发现了一个木箱，上面放着大堂的那个吊钟。

（哈哈，长老的脑子还挺灵光。）

老鼠们已被禁止进入发现尸体的豆仓，把吊钟放在这里就谁也碰不到了。

惚七爷爷抬头看着吊钟正面的鼠面观音——长得像老鼠的观音，真是个古怪的玩意儿。

接着他开始查看四周。虽然说是为没东西吃时做的准备，可大豆真是没少囤哪。可能是要让六十六只老鼠不饿肚子非得屯这么多才放心吧。惚七爷爷在巨大的豆山中找到一个凹陷下去的地方。

（可能就是那儿。）

惚七爷爷走到凹陷处，将豆子一粒粒拨开，寻找秘密通道。

（要想进入豆仓又不被王竹、玉竹发现就一定需要一条秘密通道，那条通道应该是和这个老鼠洞的某个地方连通的。只要找到那个地方，应该就能自然而然地锁定可疑的老鼠。）

一粒粒地拨开豆子，寻找秘密通道并不轻松。可笑的是，这是几年来惚七爷爷最勤劳的时刻，而这一切都是为了宝物布袋。

（我可比米八那家伙辛苦多了啊。）

可是，惣七爷爷的辛苦不过是徒劳一场。把所有豆子拨开后，就只见到一面土墙，根本没有什么秘密通道。惣七爷爷放弃寻找，再次回到放着尸体的地方。

（难道是在其他地方？可要是把豆子全部拨开再找的话……）

真不该轻易说要做侦探什么的，唉！惣七爷爷心烦意乱。

"呃呜！"

惣七爷爷突然呼吸困难。伸手摸一下脖子，竟摸到了像是绳子的东西。有谁用绳子勒住他的脖子拼命向后拉！

（谁？谁？）

发不出声音。他越是挣扎着想要逃脱，绳子就吃得越紧。惣七爷爷看不到背后拼命勒住他、要他性命的究竟是谁，他拼命挣扎，豆子滚得到处都是，豆山开始崩塌。

他想求救却发不出声音。就在这时，惣七爷爷瞥见了吊钟。

（只要敲响吊钟……）

惣七爷爷拼命伸手却够不着。他迅速抓起手边的豆子。意识越来越模糊了，惣七爷爷瞄准吊钟用尽浑身解数扔出豆子——

轰！

五

惚七爷爷发现自己在山里。和之前一样，阳光穿过树叶照下来，屁股坐着乌龟状的岩石。

"哟，这不是惚七爷爷吗？"

背后传来田吾作的声音。

"为什么？"

惚七爷爷起身揪住田吾作的衣领。

"想偷就会被杀死，想好好找到杀鼠凶手也会被杀死！到底要我怎么样！"

"欸、欸？怎么回事……"

莫名其妙突然被人揪着出了一顿气，田吾作似乎吓得不轻。爷爷松开手。

"跟你说了也没用。"

"哦……唉，要说啊……"

"啊，八月瓜，是吧？那边有。"

惚七爷爷随手指着通往山脚的那条山路说。

"真的吗？惚七爷爷！"

"嗯,那里有一大片呢,快去给你快死的娘吃个饱。"

"谢谢你,惣七爷爷!等俺摘到了,给你也分一些。"

田吾作迈着兴冲冲的步子下山去了。

"唉。"

惣七爷爷叹了口气,又忽地想起什么迅速闪身躲开。绿色的栗毛球吧嗒一声擦着他的肩膀掉在地上。

"每次都让你砸中可还行!"

惣七爷爷望着树上倏地一闪而过的黑影嘟囔道。他坐在乌龟状的岩石上打开竹皮包,里面是三个饭团。

惣七爷爷抓起一个,张开嘴巴啃下一大口,马上又吐了出来。

"呸!田吾作说得没错,米饭还夹生呢,没法儿吃。"

不过也许是来回折腾这么多趟折腾饿了,惣七爷爷嘴上说着饭团难吃,转眼便风卷残云地吃完了一个。第二个饭团里包了酸梅干。惣七爷爷一边品味着嘴巴里的酸爽,一边仔细回想刚刚发生的事情。

应该是刚才进入豆仓后没有锁门,所以让那家伙溜了进来。不过他是怎么从大堂逃出来的?……唉,光想也不管用。老鼠们一刻也不消停,要从他们的眼皮子底下逃走简直易如反掌。

(不过为什么要杀我呢?难道是豆仓里有什么被发现了就不得了的东西不成?)

"豆仓里果然有秘密通道……"

自言自语中,第二个饭团也吃完了。惣七爷爷盯着第三个饭团,突然想起——鼠面观音。豆子呈一座山的形状堆在观音像下,一直堆到了观音胸口的位置……

"反了!"

爷爷站了起来。

"秘密通道不是在豆山凹陷下去的地方,而是在观音像顶上!杀死万福的家伙以豆山为垫脚石爬上了观音像。"

虽然他不是很确信,不过值得调查一番。惣七爷爷拨开草丛,将手中最后一个饭团扔进洞里。

　　圆圆的饭团,咕噜噜。
　　太阳公公,奖励我?

惣七爷爷抱住膝盖沿着山坡滚了下去。和前几次一样,洞里的老鼠们正在跳舞。

"哇哈哈,真开心。"

哪怕只有一个饭团,浑身沾满饭粒的黑丸也依旧笑哈哈的。

"欸?难不成饭团是你投下来的?"

"没错。"

惣七爷爷回答。良之助紧接着上前一步向长老提议捣年糕。

"现在可不是捣年糕的时候,大家马上去豆仓。"

"什么?为什么去豆仓?"

"发生了不得了的事情。"

长老催促着大家往豆仓走去。惣七爷爷感觉有人在后面拉他的衣袖。

"老爷爷。"

是初雪。

"你刚刚为什么要那么做?"

她小声说,语气中透露着遗憾。听到"刚刚"这个词,惣七爷爷恍然大悟。

"你是知道我在轮回的那个初雪吗?"

"您在说什么呢?上一回捣年糕的时候我不是向您自我介绍过了吗?"

"长、长老!"

忠三郎从正面冲了过来。

"万福死在了豆仓里!"

"什么?!"

之前一直表现得半信半疑的老鼠们像是突然着了急,纷纷跑向豆仓。惣七爷爷一边追在他们后头,一边对初雪说:

"刚刚我是鬼迷心窍了。这次我肯定会把杀害万福的凶手找出来,你跟上次一样向长老提议吧。"

"了解。"

初雪点点头。

走进豆仓,万福果然倒在地上。黑丸哭着扑上去,长老叹息,王竹、玉竹、忠三郎分别交代前因后果。

"长老,这里只有一个人不可能是杀害万福的凶手。"

初雪提出。

"就是这位老爷爷,因为他几乎是在忠三郎先生发现尸体的同时掉进洞穴里的。我们请这位老爷爷帮忙调查杀害万福先生的凶手怎么样?"

见长老点头同意,惣七爷爷抓住机会立即提出侦探需要报酬,然后和长老就宝物布袋定下约定。

"长老,请你带上大家先回大堂吧。"

"你怎么会知道有大堂?"

"上次来过这里的米八爷爷告诉我的。"

"哦,原来是这样啊。可是那位老爷爷也不知道豆仓……"

长老净是问一些麻烦事儿。

"你的问题好多哟,有侦探就要老实听侦探的。别问这问那的了,快去大堂,初雪留下来给我帮忙。"

"需要帮忙的话是不是更有力气的男老鼠……"

"不是说了让你赶紧去嘛!"

把初雪以外的老鼠都赶走后，惚七爷爷关上门，回头发现初雪正紧张地盯着他。

　　"终于可以好好说话了。初雪，上一回的事情你记得多少？"

　　"嗯……我记得爷爷中了荆条陷阱，被大家发现，然后被攻击……"

　　"真是想起来就可怕哦……"

　　"我当时也觉得很可怕，可我太弱小了，没办法阻止大家，然后就折回大堂敲响了吊钟。"

　　"啊？原来是你啊。"

　　"是的，然后我就发现自己又回到了裁缝室，你掉下来之前我就在那儿。可你这次为什么只给了一个饭团下来？"

　　惚七爷爷觉得不对劲。

　　"等等！在这之前不是还有一次吗？我找所有老鼠一个个问话，然后在豆仓被谁勒住脖子差点儿死翘翘。"

　　"没有啊。"

　　初雪斩钉截铁地说。

　　"……初雪，你这是第几次见到我？"

　　"第三次。"

　　后来经过详细询问，惚七爷爷总算弄明白了。初雪每次都会跳过一个轮回。

108

"您是说，我第二次见到您的时候，对于您来说其实是第三次。"

也就是初雪第一次问"爷爷，您是不是反复掉进这个洞里"的那一次。

"然后这一次对于我来说是第三次，对于您来说其实是第五次？"

"没错。"

换句话说，初雪所在的轮回是第一次、第三次、第五次……偶数的轮回都被跳过了（见图表）。第二次和第四次轮回里的初雪似乎什么也不知道。也就是说，被跳过的轮回里，初雪和惚七爷爷相当于第一次见面。

"究竟怎么回事？我们身上到底发生了什么？"

"不清楚，像是什么在这个洞里才会发生的神奇现象。对了初雪，你有没有和别的老鼠说过这件事？"

"没有。"

"还是不要说比较好，除了我，对谁都不要说，人家会以为你疯了。"

"好。"

主要是不想让别的老鼠知道自己曾经尝试过偷宝袋，可惚七爷爷当然不会这么说。

"好，初雪。帮我个忙吧，爬上那里去。"

惚七爷爷指了指鼠面观音的头。

"观音娘娘？为什么？"

惚七爷爷将自己在洞穴外吃饭团时突然想到的推理告诉初雪。

"啊！原来是这样。观音娘娘头上确实有一个通向地上的洞。"

"你说什么？"

惚七爷爷瞪大眼睛看着一脸理所当然的初雪。

"你是说那里有一条秘密通道？"

"不是秘密通道，叫'蛇洞'，是绝对不能进去的。"

据说一开始那个洞是为了引入外面的空气而挖的。很久很久以前，蛇钻进了洞里，吃了很多老鼠。后来老鼠们合力拼命把蛇赶走，堵上了洞口。这座鼠面观音也是为了供奉当时被蛇吃掉的老鼠而设置的，同时带有祈求"再也没有蛇进来"的驱邪的含义。

"但实际上是能通往其他地方的，是不是？"

"不知道，我也只是听说那里有一个洞，没有实际见过。长老不是也说了嘛，要进这个仓库只有这一扇门。"

"他是默认'没有谁会钻蛇洞'吧？计划谋杀的家伙才不管什么规矩不规矩的。"

惚七爷爷不屑地爬上豆山，摸了摸鼠面观音——表面凹凸不平，不用费多大力气应该就能爬到脸上。

"快停下来，爷爷。"

惣七爷爷	初雪
【第一次】 企图学猫叫盗取宝袋。一片漆黑中吊钟响了。	【第一次】 对惣七爷爷劝酒。
【第二次】 得知万福遇害。差点儿破坏木门，撞倒瞭望台后吊钟响了。	【第二次】 发现惣七爷爷在轮回。惣七爷爷被老鼠们群起攻击时敲响吊钟。
【第三次】 接受侦探的角色，打算骗取宝袋后逃跑，被老鼠们群殴，差点儿丧命。	【第三次】 发现自己中间跳过了一次轮回。坦言自己在第二次（惣七爷爷的第三次）轮回敲响了吊钟。和惣七爷爷一起调查。
【第四次】 放弃邪念认真调查。在豆仓差点儿被杀死。	
【第五次】 和初雪联手调查。发现蛇洞。	

111

惚七爷爷根本不听初雪劝阻，轻轻松松就爬到了鼠面观音头上。他抬头看向屋顶，木板上竟然装着一个把手一样的东西。没想到一直在寻找的秘密通道竟然这么轻而易举地找到了，真是令他大跌眼镜。

惚七爷爷拉了拉把手，木板啪嗒一声打开了。木板后面是一个洞口，一直通进土里，还能看见从遥远的另一侧洞口射入的阳光。

"你在下面等我一下。"

惚七爷爷对抬着头眼巴巴看着他的初雪交代完就钻进了洞里。手脚并用地爬了一段后，洞壁的触感由最初的土变成了木头，看样子像是连通着某根中空的树干。继续向上爬，终于到了阳光照进来的地方。惚七爷爷从洞口露出头来一瞧，果然是个树窟窿。

他伸手够到洞口的树枝，钻出洞口。由于身体还是老鼠般大小，透过树叶间隙看向地面显得颇有高度。欸？脚下发软的惚七爷爷突然大吃一惊。下面不正是自己熟悉的那块乌龟状的岩石吗？

"哦哦，原来这是那棵岩石附近的板栗树啊！"

（杀害万福的家伙应该就是从这里进出的，如果是这样的话……）

惚七爷爷陷入沉思，疏忽了当前的处境。一阵风吹过，树枝轻轻晃动，他一不小心脚下踩了个空。

"啊!"

慌乱中惚七爷爷迅速抓住旁边的小树枝,这才没有摔下去。

(呼……吓死了,吓死了。)

惚七爷爷挂在小树枝上,随着小树枝晃动,一个绿色的东西掉了下去——那是一个依旧青涩的栗毛球。

(嗯……?栗毛球……?)

惚七爷爷突然想起了什么。

打发走田吾作之后啪嗒一声砸在头上的绿色栗毛球,随后倏地溜走的黑影……

"是那家伙!"

惚七爷爷话音刚落,竟手上一滑,整个身体在空中翻了个跟头,开始头朝下地向下坠。就在他以为自己要一头摔在地上时,周围突然变暗了,经过一阵翻滚后终于停了下来,眼前是一个硕大的饭团。惚七爷爷抬起头,上面正是他刚刚,不,应该是已经掉进过五次的那个洞穴。

"怎么回事?"

惚七爷爷站起来,经过蜿蜒曲折的通道来到豆仓前。他打开门,眼前是站在鼠面观音面前的初雪。

"爷爷?发生什么了?"

"我也不知道。"

听惚七爷爷说完刚才发生的事情,初雪似乎明白了什么。

"板栗树下也有一个洞口,从那个洞口进来的通道和爷爷之前进来的通道在中途交会了。"

竟然是这样!惣七爷爷心中浮现出一个假设。

杀鼠凶手在惣七爷爷进入洞穴前,早就从板栗树下的洞口出来了。他瞄准万福将饭团搬进豆仓后就通过蛇洞悄悄进来,杀了万福再从蛇洞出去,然后若无其事地从板栗树下的洞口回到洞里。

"那应该不可能。"

初雪说。

"一只老鼠是卸不掉设在洞口的荆条陷阱的,唯一卸下来就是上次爷爷你回去的时候,当时也很快就装好了,在那之后应该没有老鼠可以出去。"

"嗯……"惣七爷爷嘟囔了一会儿,说,"那就是从蛇洞出去的,那里应该没有设陷阱吧?"

"从蛇洞出去得先进入豆仓才行。王竹先生和玉竹先生说,他们在上一位爷爷回去后就一直在豆仓门口下棋,除了万福先生和忠三郎先生,没有谁进入过豆仓。"

"双胞胎下棋前从蛇洞出去的,怎么样?"

"长老是在上一位爷爷回去后才吩咐将他给的饭团搬到豆仓的,凶手事先应该不知道长老会这么吩咐,也不知道会不会由万福先生自己搬进去,怎么能做到提前出去埋伏呢?"

老鼠归老鼠,反驳起来倒是一套一套的。

"哎呀,烦死啦!反正我可以反复折腾,不如干脆回到最开始的地方好好看看是谁干的,我现在已经知道他会出现在哪里了。"

板栗树上。

"闪开!"

"啊!"

惚七爷爷一把撞开初雪向大堂跑去。在大堂等待的老鼠们一齐看着惚七爷爷。

"老爷爷,怎么样啦?"

惚七爷爷扔下长老的问题,一头冲向瞭望台,用自己的身体猛地撞了上去。瞭望台吱吱呀呀地倒了下来。

"你、你干什么!哇啊!"

长老脸色苍白。瞭望台在老鼠们的尖叫声中慢慢倒塌,吊钟砸在地面上——

轰!

六

惚七爷爷发现自己在山里。阳光穿过树叶照下来,屁股坐着乌龟状的岩石。

惚七爷爷迅速站起来，跑到板栗树下。他本打算爬到树上，奈何没有能够得着的树枝，树皮也滑溜溜的，实在爬不上去。

"哟，这不是惚七爷爷吗？"

田吾作来了。

"喂，田吾作，过来！让我坐你肩膀上。"

"啥？"

田吾作眼睛瞪得像铜铃。惚七爷爷把他拉过来让他蹲在树下，骑上他的肩膀。

"惚七爷爷，俺得去找八月瓜呢……"

"烦死啦！快！站起来！"

田吾作站起来后，惚七爷爷正好能看到树洞附近。洞口附近粗壮的树枝上，繁茂的树叶间，有一个影子在窸窸窣窣地活动。

（啊！）

对方似乎没有注意到，可惚七爷爷已经清清楚楚地看见他了。那是他熟悉的一只老鼠。

"原来是你小子啊……"

看见那只老鼠，惚七爷爷想起来一个线索，于是明白了一切。这小子是怎么知道万福要去豆仓的，又是怎么进入豆仓而不被下棋的双胞胎发现的。

"竟然给我耍这种小聪明！这下那个袋子就是我的啦！"

惚七爷爷马上从田吾作的肩膀上跳下来。

"田吾作，那边有八月瓜，快去吧。"

打发走田吾作后，惚七爷爷立刻打开竹皮包，把三个饭团扔了下去。

　　圆圆的饭团，咕噜噜。
　　太阳公公，奖励我？

听到歌声后，惚七爷爷抱住膝盖滚了下去。回过神来，已经和前几次一样在老鼠堆里了。

沾满饭粒的笑嘻嘻的黑丸、前来问候的长老。惚七爷爷一把抓住长老的肩膀：

"长老，我长话短说。一只叫万福的胖老鼠在豆仓被杀死了，我知道是谁干的。"

"你、你说什么？"

"别啰唆了，快走！"

老鼠们闹哄哄地向豆仓走去。王竹和玉竹正在下鼠棋。

"长老，怎么了？怎么大家都来了？"

王竹惊讶地问。

"这位人类老爷爷说万福在豆仓里被杀害了。"

在长老的催促下，年轻的老鼠们迅速打开漆黑的木门。果然，万福巨大的身体躺在豆仓中，脖子上有明显的被勒过的痕迹。

"这到底怎么回事？！"

"看，我没骗你吧。我是人类的侦探，让我来告诉你是谁杀了这只叫万福的大老鼠吧，然后你要把那个想要什么东西都能得到的布袋给我。"

"你怎么会知道这个袋子？"

"之前来过这里的老头儿告诉我的。"

"好啊，如果你要的话。"

"说话可要算数啊。"

惚七爷爷走向鼠面观音，三两下爬到观音头上，然后伸手抓住屋顶的把手。

"你、你这是干吗？！那是绝不能打开的蛇洞！"

惚七爷爷根本不听长老的话，打开通往蛇洞的入口后，站在鼠面观音上俯视所有老鼠。

"杀害万福的凶手就是从这里出去的！"

"可那是所有住在这个洞里的老鼠的禁忌呀！"

"打算谋杀的凶手才不管什么禁忌不禁忌的呢！对吧？黑丸。"

惚七爷爷低头俯视脸上和身上都沾满饭粒的黑丸

——刚刚在板栗树上看见的就是他,绝对没错!

"你说什么呢?通过这个蛇洞确实能进到豆仓,不过在这之前得先从老鼠洞出去才行啊。"

"没错。"其他老鼠也表示同意,"上一位老爷爷回去后,黑丸和我们一起安装的荆条陷阱,陷阱安装好以后就再也出不去了。"

"谁说是从蛇洞进来的?"

惣七爷爷从鼠面观音上下来,穿过鼠群,站在漆黑的木门前。

"他是从这儿进来的。"

"那就奇怪了。"提出意见的是双胞胎中的一个——王竹,"我们可是在上一位老爷爷回去之后就一直在门前下棋呢。"

"说得对。万福进来之前没有任何老鼠进来过。"

玉竹也来帮腔。

"黑丸是在你们眼皮子底下和万福一起进去的,用那个。"

惣七爷爷伸手指向万福旁边的饭团。

"黑丸这么小个儿,要藏进饭团里根本不成问题。长老让万福把你们说的上一位老爷爷——也就是米八——的饭团搬进仓库后,估计是黑丸挑唆他一起到仓库偷吃什么的,然后自己藏进饭团里让万福搬进了豆仓。进了豆仓后,他再杀死万福,从蛇洞出来。因为藏在饭团里,所以他身上沾满了饭粒,他本来打算弄干净后再回来,又担心背上的饭粒弄不干净。刚好这个时候他在蛇洞出口的那棵板栗树上发现我把饭团滚了下来。于是马上盘算,只要装作是提前偷吃了我的饭团,就算全身沾满饭粒也能糊弄过去,然后马上跳进坡下那个洞,几乎和饭团一起滚进洞里,顺利骗过了其他老鼠。"

"你瞎说什么呢。"

黑丸不屑地笑了。

"我有证据。"惚七爷爷自信满满地说。

"我家老太婆做的饭团啊,米还夹生呢,根本没法吃,而米八的饭团的米应该是煮得软软糯糯、香喷喷的吧。要是在黑丸身上找到的饭粒软软糯糯,就说明那不是我的,是米八的。喂,良之助,你去摘一粒下来尝尝看。"

戳在黑丸身边的良之助如梦初醒,赶紧从黑丸肩上取了一粒米下来,放到嘴里细细嚼了一会儿后看向长老。

"软软糯糯的。"

惚七爷爷露出满意的微笑,得意地看向长老。

"怎么样?杀死万福的凶手我已经找到了哦。"

"黑丸和万福的关系向来很好,为什么要杀他?"

"老鼠为什么想杀老鼠,我可不管。他是怎么进入豆仓,杀了万福后又是怎么逃走的,我已经告诉你了,证据也找到了,这就足够了吧?快把说好的布袋交出来。"

惣七爷爷向长老伸出手。长老沉默地盯着爷爷的手,突然嘟囔道:

"……好奇怪啊。"

惣七爷爷看着长老,发现他的眼里带着猜疑。惣七爷爷不禁后退几步。

"有、有什么奇怪的?"

"你今天是第一次来洞里,怎么会知道豆仓?"

长老身后的王竹也问:

"对呀,还有万福死了、蛇洞,你怎么什么都知道?我看可疑的是你。"

玉竹也表示赞成,周围的老鼠也全都一样。惣七爷爷太心急了,竟然忘了要事先获得老鼠们的信任。

老鼠们向着爷爷步步紧逼。惣七爷爷想起之前被攻击的那次,腿开始发抖。

(事到如今也只好这样了。)

"其实我在这个洞里遇到了很神奇的事情,我一直在经历轮回。"

惣七爷爷将之前发生的所有事情一五一十地向所有老鼠交代了，包括大堂的吊钟一响自己就回到乌龟状的岩石上，然后再一次下来，毫无保留。

"这个人类在说什么呢？"

老鼠们完全不理解。

"大家可得小心啊，人类可是大骗子，这种鬼话他们张口就来。"黑丸说。

"不、不是鬼话！我亲眼看见了，你从板栗树上的洞口出来的时候。"

"瞎说！"黑丸说。

他旁边的长老走了过来。

"有个问题想问一下，如果你说的是真的，为什么我们没有轮回？"

"啥？我哪知道。"

"而且，你开始新的轮回之后，上一个轮回的你怎么样了？吊钟响起的时候，那个轮回的你也消失了吗？"

这只当长老的老鼠什么都要打破砂锅问到底，真是烦死了！

"连这种鸡毛蒜皮的事都要一一盘问个清楚的家伙我是真的懒得搭理！"

惣七爷爷自言自语。就在这时，他突然想起一只鼠：

"对了，初雪！初雪在哪儿？"

老鼠们的目光一齐看向那只白鼠姑娘。突然被叫到名字，初雪一脸诧异。

"初雪啊，你应该是和我一起轮回的吧？快告诉他们！"

"我……不知道。什么轮回？这么异想天开的事情，我从来没想过……"

（哦对，这是第六次，清楚真相的初雪不在。）

"哎，麻烦死了。"

惚七爷爷打开豆仓的门跑了出去。不用说，他要去的地方当然是大堂的吊钟那儿。

"叽！""叽叽！""叽叽叽！"

老鼠们洪水般追了上来。惚七爷爷拼命奔跑，他打开大堂的隔扇冲了进去，老鼠们也同时扑到了他身上。锋利的牙齿咬住惚七爷爷肩头，一阵刺痛传遍全身。老鼠们再次化身为面目狰狞的野兽。

（既然如此。）

惚七爷爷深吸一口气。

"喵！！！"

"啊！""猫来啦！""有猫啊！"

老鼠们大喊大叫。他们从惚七爷爷身上跳下来，四处逃窜。啪！灯灭了，四周传来老鼠们撞到器物和相互碰撞的声音。

"猫在哪儿啊！""快赶出去！""要被吃啦！"

乒乒乓乓的声音从四面八方传来。终于，瞭望台开始噼啪作响，像是要倒下来了——

轰！

七

惣七爷爷发现自己在山里。阳光穿过树叶照下来，屁股下面是乌龟状的岩石。

"是我学的猫叫哦，和第一次一样。"

惣七爷爷已经筋疲力尽了。

愣愣地在石头上坐了一会儿，绿色的栗毛球掉了下来。根本不需要抬头看，肯定是黑丸在树上。

（田吾作怎么还不来？）

惣七爷爷突然想。唉，不管了，想多了只会更头痛。

"走！"

不管怎么样，这绝对是最后一次了。惣七爷爷打开竹皮包，抓起饭团站了起来，对准老鼠洞扔了下去。

很快就听到了歌声。他抱住膝盖滚了下去。

"欸？难不成这三个饭团是你投下来的？"

惚七爷爷没有理会说着套话前来迎接的长老，他直接环顾四周后找到初雪，初雪也正看着他。

"你是知道轮回的那个初雪吧？"惚七爷爷问。

"是的。"初雪郑重地点点头。

"第四次了，爷爷应该是第七次吧？"

"没错，第六次的时候你什么也不知道，搞得一塌糊涂。"

"这次您一定会帮忙找到真相，对吧？"

"放心吧，只要你能向大家说清楚就肯定没问题。"

长老和身边的其他老鼠无不面面相觑地看着他们。

"初雪，你们认识？"

"是的，长老，其实现在……"

"等等，初雪。"惚七爷爷拦住初雪，"还是先去大堂吧，先把吊钟卸下来放好，不然到时候出什么娄子突然响了就麻烦了。"

*

"真不知该怎么感谢您才好。"

长老毕恭毕敬地向惚七爷爷低头致谢。

"要不是您，我们根本不会知道是黑丸搞的鬼，每天都不得不提心吊胆的。"

这次一切都很顺利。虽然初雪性格内向，但老鼠们都认可她是一个绝对不会撒谎的诚实的伙伴。由初雪帮忙向大家解释轮回的事情，老鼠们虽然仍旧觉得很不可思议，但还是接受了惣七爷爷的话。

黑丸一开始嘴硬不肯承认，后来找到饭粒作为证据也只好束手就擒。据黑丸说，很多年前万福和黑丸的哥哥一起出去觅食的时候遭到了老鹰的攻击，当时万福牺牲黑丸的哥哥，自己逃了回来。自那以后，黑丸假装和万福做朋友，实际上一直在寻找复仇的机会……惣七爷爷对这些动机根本没有兴趣。

"老爷爷，这是答应你的谢礼，请你收下。"

长老说着，把布袋递给惣七爷爷。惣七爷爷接过布袋，来回折腾七次的疲劳顷刻间就烟消云散了。

"好，那我这就回去啦。"

"我们还想捣年糕来好好招待你呢。"

"不用不用。我不喜欢年糕，老太婆还在家等着我呢。"

"那我们送你到洞口吧。"

来到洞口下面，已经有三只年轻的老鼠趴在地上做好了准备。荆条陷阱也已经卸下来了。

"爷爷，再见。"最后离开前，初雪过来道别，"欢迎您随时再来。"

"我才不会再来呢,这鬼地方。"

惚七爷爷说完吐了一口唾沫,然后头也不回地一口气爬上了洞口。

离开洞穴,惚七爷爷又恢复了原来的大小。他看了看脚下,发现洞口竟小得不可思议——这么小的洞是怎么进去的?他随即伸手摸了摸腰带,确认布袋还牢牢别在腰上。

(太好了!这下可以一辈子不愁吃、不愁穿啦。)

惚七爷爷心花怒放地爬上那条他滚下来过七次的山坡。

就在这时:

"噢哟,惚七爷爷,你回来啦?"

惚七爷爷顿时愣住了。

田吾作坐在乌龟状的岩石上,正虎视眈眈地看着自己。他右手拿着一根粗粗的木柴在空中挥舞得呼呼作响。

"你、你在这儿干吗?!"

"我在这儿等你呀。那个什么想要的东西都能得到的布袋就是这个啊?也借给我用用吧。"

惚七爷爷后退几步。

"你……你怎么知道?"

"被你打发走以后俺回村找了米八爷爷,打算问问他怎么样才能找到八月瓜。"

按照田吾作所说，他到米八家看见了那堆金银财宝，还听说了布袋的事情。不仅如此，米八还告诉他"惣七也刚走，你们可以一起去"，甚至给了他饭团。

"然后俺也扔了饭团下去，结果却什么也没听到。于是俺咕噜咕噜滚了下去，结果一只老鼠也没看到。俺正纳闷儿呢，结果听到另一边热闹极了。走过去从隔扇的缝隙一瞧，原来是老鼠们在跳舞呢，惣七爷爷也在，还一脸不情不愿的样子。既然这么不情愿，那就换俺来！俺正要进去呢，你就站起来学了一声猫叫。"

看来田吾作说的是头一回的事。

"然后灯就灭了，黑咕隆咚的，可把俺吓死了，俺就进去找你。"

这么一说，头一回那会儿灯灭后确实听到了有人喊"惣七爷爷"。

"俺吓坏了，一不小心撞到一根硬邦邦的木头做的柱子似的东西，那根柱子吱吱呀呀地断了，然后什么东西砸了下来，像是吊钟……"

"啥？这么说，头一回的吊钟是你小子弄下来的？"

"俺也不知道，俺只听到轰的一声，然后俺就又回到了山路上。"

看来田吾作也在轮回。可是……

"不对呀,田吾作,你小子第二次和第三次不是还说了同样……"

惚七爷爷似乎想到了什么,田吾作和初雪的第二次、第四次、第六次简直一模一样。

"莫名其妙又回到了山路上,然后呢?"

惚七爷爷继续问。

"这一下子给俺整蒙了,稀里糊涂发了会儿呆,然后继续沿着山路上来,然后就……喏,这个。"

田吾作举起竹皮包。惚七爷爷已经完全搞清楚怎么回事了。

"田吾作,你小子,跳了五次啊。"

"你说啥呢?惚七爷爷。"

才经历第一次轮回的田吾作似乎还一无所知。

"跟你说了也白说。"

"你说啥都行,爷爷,不过能不能把那神奇的布袋也借俺用用?俺娘可能撑不过今晚了,俺真的想最后再给她老人家吃一口八月瓜。就算这个季节没有的东西,那个布袋也能变出来一大堆吧?"

"做梦呢你!我折腾了七次才辛辛苦苦到手的东西,你小子才经历一次就想来借,没门儿!"

"你说啥呢?俺不懂。快给俺吧。"田吾作上前拉住惚七爷爷,央求道。

惣七爷爷一把甩开田吾作迅速下山。

就在这时……

咣!

头上传来一阵剧痛,惣七爷爷膝盖一软,跪坐在地上。

"啊啊啊!啊……"

他捂住头,鲜血滑过脸颊滴落在地上。回头一看,手握粗木棍高高扬起的田吾作出现在眼前。

"对不起啊,惣七爷爷……"

田吾作喃喃自语,紧接着——咣!惣七爷爷头上又吃了一棍,他翻了个跟头。

"呃呜……"

"俺娘她马上就要死啦,俺是真的想最后再给她吃一口八月瓜呀。"

惣七爷爷恍惚间感到别在腰带下的布袋被夺走了。他睁开被血迷住的眼睛,看着田吾作慢吞吞向山下走去的背影。

"来……来人啊……快……快敲钟……"

惣七爷爷的声音越来越微弱,他突然想起:

初雪是跳过一次,田吾作是跳过五次,这么说来,长老、黑丸和良之助以及其他老鼠里面会不会有跳过更多次的?在他们的轮回里,会不会有另一个更加一帆风顺的惚七爷爷?

没有人知道惚七爷爷最后的猜想对还是不对。不过啊，说不定在别的什么地方，流传着另一个"圆圆的饭团"的故事。

总之呢，我听过的"圆圆的饭团"的故事到这里就全部结束啦。

稻秆多重杀人案

第一章·春

柑橘

耳边传来婴儿哇哇的啼哭声。……那是……儿子松儿的哭声。

在昏黄破败的泥土中间茫茫然戳着的阿岭猛然心惊。

眼前是身穿红色短外褂、虎背熊腰的八卫门。他俯卧在地上，浑身上下散发着浓烈的酒味，脸扎进腌菜用的米糠酱中，一动不动。阿岭慌里慌张地摇晃着丈夫的身体。

"喂！醒醒……"

丈夫一动不动。阿岭抓住丈夫松散的发髻，将他的脸从米糠酱中拉出来。从右眉一直划过眼睛的长长疤痕，月代①正中的大黑痣——特征鲜明的脸惨白一片。

"醒醒！快醒醒！"

她拍了拍丈夫的脸颊，只是落下一坨坨的米糠酱。阿岭浑身发抖。

八卫门是刚回来的，他的裤腿沾满了泥水。

"喂！回来啦。"

八卫门雷鸣般的声音吓哭了屋中的婴儿。

"这是礼物。"

八卫门走进屋里，将三个拳头大小的柑橘递给阿岭后，便拿起水瓢舀了一瓢水咕噜咕噜喝下，然后目光锐利地看向里屋。松儿仍在啼哭。

"这小鬼烦死了！看我怎么收拾你！"

八卫门走进里屋，一把抱起松儿。

"你要干吗？"

阿岭扔下橘子，抢过松儿，狠狠地瞪着八卫门。她的眼神似乎一下子惹恼了八卫门。

"大的小的一个个都没大没小！你以为你能活着是多亏了谁，啊？！"

不是你！——阿岭无声地呐喊。

---

① 古代日本成年男性将前额至头顶部的头发剃光，使头皮呈半月形，该发型被称为"月代"。

八卫门是一名走街串巷的商人，一年多以前偶然相识结婚的时候还是一个顾家的男人。阿岭没想到，自己有了身孕后他整个人就变了。他四处远行叫卖，七天才回来一次，每次回来必定是醉醺醺的，还对阿岭拳脚相加。直到孩子出生，他依旧是那副德行，甚至还变本加厉。

估计今天八卫门又喝多了，天亮了才回来，一回来就撒酒疯。

"这一趟又是上山又是下河的，老子饿了，快拿吃的。"

"你吼我也没用，家里什么也没有了。"

"快点儿！老子可是很忙的，下午还要见人，能进到好东西，还想先睡一觉。"

"可是……"

"算了，酱菜总有吧？我自己来。"

八卫门摇摇晃晃地走向酱缸，推开盖子。

"酱菜在哪儿？酱菜呢！"八卫门不停扒拉着米糠酱。

就在这时，阿岭发现了他脖子上系着的白色围巾。围巾散发着从未见过的漂亮的白色光泽，应该不是八卫门自己买的。

是女人，阿岭直觉。"下午要见人"说的肯定也是那个女人。

这个八卫门，家里有妻有子，竟然还在外面——

一股热血涌上头来。阿岭站在八卫门身后，伸出双手一把将他的头摁进了米糠酱中。

咕呜！

八卫门拼死挣扎。阿岭骑在八卫门的脖子上，用自己的身体死死压住八卫门。

咕呜！呜呜呜……

八卫门痛苦地挣扎了一会儿，终于没了动静。

松儿还在大哭。

阿岭看着半个脸埋入米糠酱中的丈夫。

得赶紧处理掉尸体才行。他们的家在河边，距离中泽村的一聚落和二聚落都有些距离，应该还没有人见到八卫门回来。要不等天黑了再将尸体扔下后山的山崖？别人只会以为他是喝醉酒在后山迷了路，失足跌下山崖的。

可是该怎么搬运八卫门庞大的身体呢？住在一聚落的琴吉是阿岭从小的好朋友，她家有一辆大板车，找琴吉把板车借过来就好了。

想到这里，阿岭突然想起今天中午邻村的阿轮会把修好的扫帚送过来，到时要是发现尸体就完了。

"该怎么办……"

阿岭左思右想，发现别无他法，只能在阿轮来家里前将尸体处理掉。阿岭拿起背带将哇哇大哭的松儿背在背上，眼神无意间停留在滚落到地上的橘子上面。——他好像说这是礼物来着？这东西也许会暴露八卫门已经回来的事实，干脆去借大板车时顺路扔了或者送给什么人。

阿岭捡起地上的橘子，打开门出去。中泽川的水声分外刺耳。

美丽的布匹

"阿爷，好渴啊。"

"这一带没有水，再坚持一会儿吧。"

壮平对踉踉跄跄的椿鼓励道。

已经日上三竿了。

"我不要！我好渴啊，不给我水喝我就不走啦！"

椿一屁股坐在了地上。唉，真是拿这任性的小姐没辙，壮平把手搭在胸前，看着坐在地上的椿。

事情是昨天午后发生的。阿陆在庭园的景观石旁蹲下去以后就没有了动静。

阿陆是家里养的白狐，五年前它误入庭园，莫名和家中的独生女椿异常亲热。白狐自古就是神明大人的使者，是吉祥的象征，于是家主也同意饲养，白狐由此受到宅中上下所有人的疼爱。

发现阿陆奄奄一息，椿一时方寸大乱。阿陆没有咽气，不过看上去应该时日无多了。

"阿爷！快想想办法呀！"

椿哭着央求壮平。壮平是宅里的管家，可他也不知道狐狸生了病究竟该怎么医治。就在这时，一位家奴说：

"小的之前听说北方有一座山叫作剑之山，山上有一个神社叫剑健稻荷神社，那里有一匹神奇的布，死去不久的生灵只要碰一小会儿，不仅能立马活过来，而且会活蹦乱跳的，对于生病的动物或许同样有效。愿意给钱的话，也许还能买回来。"

"阿爷，快带我去。"

去剑之山要一路往北走，连续翻过七座山，花上整整一天的时间才能到。最近壮平的腿脚越来越不灵便了，这一趟可不轻松。

"阿爷，你陪她去一趟吧。"

椿的父亲，也就是壮平的家主也如此吩咐道。既然是家主的命令，那就不得不听从。壮平就这样带着椿踏上了前往剑健稻荷神社的旅程。

到达神社的时候，天已经全黑了。将原委告知神官后，神官让他们立马献上祈祷。椿和壮平还来不及休息就在神祠前跪下，按照规矩献上祈祷。剑健布送到二人面前时，椿说：

"你把所有布都给我吧。"

壮平和神官面面相觑。

"一卷就够了，用这块布盖住身体很快就好了。"

"可是多盖一些，阿陆就能好得更快。"

"不是这样……"

"我们有的是钱。不够的话，后面再让爹给你们送。"

那年椿即将满二十岁。她从小被惯坏了，任性刁蛮，什么事都想用金钱解决。不仅如此，她一旦说出口的事，无论壮平和其他人怎么劝，她都完全不听。

最后，椿以带来的所有钱币做交换，一共获得了五卷剑健布。将它们放进包袱皮里一路背回家的毫无疑问是壮平。

"天色已晚，你们在这里住一晚吧。"神官劝道。

"阿陆现在还在受苦呢。"

就因为椿的这一句话，他们不得不赶夜路回去。椿一心以为第二天天亮前就能赶到，完全没有考虑壮平。

提着向神官借来的灯笼，椿和壮平急急忙忙踏上了归途。

夜色渐明,东方翻起鱼肚白时,二人正在翻越第五座山。那是一条危险的路,路的右边就是险峻的悬崖,悬崖下的中泽川奔流不息。

"喂!"

一个虎背熊腰的男人突然拦在二人面前。男人身穿红色短外褂,右眼处有一道独特的疤痕,光秃秃的月代正中一颗大黑痣分外显眼,浑身酒气。

"天还没亮呢,你们这是去哪儿?"

"你、你是……"

壮平心里一咯噔,问道。

"俺是八卫门,这座山的山贼!"

男人说着歪嘴,露出邪笑。

"老头子没你什么事儿,快滚吧。哟嗬,小姑娘,留下来和俺喝两杯呀。"

"不要!阿陆在等我们回去呢。"

椿断然拒绝。

"就喝两口嘛,走,跟俺走。"

"大、大人请你放过我们!"

"不是叫你快滚吗!"

八卫门一掌劈下来,壮平一屁股坐在地上,一卷剑健布从背上的包袱皮里掉了出来。壮平捂着痛得发麻的脸颊,手忙脚乱地去捡布。

"嗯？这是啥？这么漂亮的布，俺还从来没见过呢。喂，老头！给俺看看。"

"不、不行，这可是……"

"这里好像还有啊。"

八卫门一只手抓住壮平的肩膀，另一只手伸入壮平背上的包袱皮里。他抽出一卷布，手却被壮平抓住了。

"都说了给俺看看。""请你放手。"

二人争夺之时，突然听见哐的一声，犹如金属敲击树干时发出的洪亮而清脆的声音。

"呃呜！"

双手抱头的八卫门背后是挺直身体、叉腿站立的椿，她的右手拿着一把铁制的水瓢。

"你、你、你……"

转过身后的八卫门向椿走去，脚下踉踉跄跄的。

"啊！"

椿扔掉水瓢，猛地撞向虎背熊腰的八卫门。八卫门顿时失去平衡，哇哇呀呀地滚落山崖。

"小姐，那个水瓢是……？"

"回来的路太危险了，我就从稻荷大神的净水池里借了一把。山贼呢？"

二人往崖下探了探头。三十多尺（约十米）的悬崖下，中泽川的河滩上，八卫门四脚朝天地躺着。他一动不动，肚子上盖着刚才抢走的那匹剑健布。

"死了吗？"

二人终究是没有下去探探虚实的勇气。

"快走吧。"

椿催促道。她刚把活生生的人推下山崖，这会儿正是亢奋的时候。壮平也站了起来。

——半刻（约一小时）后椿就累倒在了路上，勇斗八卫门时的威风荡然无存。

"椿小姐，这附近远离河道，没有水。翻过这座山就是通往一聚落和二聚落的路了，请小姐再坚持一会儿。"

"欸？！都说了我累了……"

俺也好累啊——壮平没有说出口，只是催椿快快上路。背上的剑健布越发沉重了。

马

"拜托了！"

原口源之助双膝跪地，额头擦碰着落叶。那是在中泽村二聚落不远处的荒寺背后。周围人影全无，只能偶尔听到几声鸟叫。

"抬起头来。"

源之助照做。站在高头大马旁的八卫门眼神冰冷地俯视着源之助。

"堂堂武士也太窝囊了。之前借的钱还没还呢,竟然还有脸来借,之前的七两打算什么时候还?"

"这……"

"你要是赖账,俺岂不是亏大了?"

八卫门摸着马脖子笑着说。源之助可能这辈子都无法拥有一匹马。为了在源之助面前炫耀,这个放高利贷的每次都会把马牵过来。就连右眼处独特的疤痕以及月代正中的大黑痣似乎都在蔑视源之助。

"不过俺也不是恶鬼,家老以前对俺有恩,既然是他的葬礼嘛,俺看看啊……咬咬牙可以给你凑三两,而且这次就不用还了。"

"真的吗?!"

"当然,该付的代价还是要付。"

"代价?"

八卫门指了指源之助的腰。那是他的刀——御茶摘守时贞。

"俺吧,最近从卖刀的那儿入手了一把刀,可有个地方有瑕疵,所以想换一把更靠谱的。怎么样?三两俺就买了。"

"这、这可是天下独一无二的名刀,怎么能如此轻易就……"

"嘀,是吗?"八卫门收回笑容,转身对着马,"那就算了吧,反正俺又不着急。只要俺愿意,什么刀买不到?唉,你家家老也真是可怜,竟然养了你这么个窝囊废。"

"窝囊废……"

源之助热血上涌。八卫门此时正背对着他抚摩着马脖子。

"说错了吗?穷得叮当响,没钱给恩人下葬不说,俺替你着想,提出用刀换钱,你竟然还不同意?怕是养条狗都比你管用。"

杀了他,源之助心想。不过这愚弄武士的区区小人,不配脏了手上这把名刀。

源之助迅速举起旁边坐着的一尊地藏菩萨像。

"八卫门。"

"还啰唆啥?"

八卫门回头的那一刻,源之助对准他的头狠狠砸了下去。

"啊呜……"

八卫门立即四脚朝天倒在地上,眼睛里很快没了生气。鲜血从长着大黑痣的月代上汩汩流出,流过脸颊,染红了脖子上的白色围巾……

死了……放下地藏菩萨像后，悔意很快就淹没了源之助。

八卫门一死，源之助更加不知如何是好了——家老的葬礼该怎么办？

旁边的马摇了摇头。这很快就吸引了源之助的注意，他看着眼前的马。

八卫门这家伙不知道什么来头，不过似乎是个家境殷实的商人。这马虽然是匹老马，但毛色可谓一流。源之助刚好认识一位牛马贩子。他刚杀了人，根本顾不上什么罪上加罪了。

得赶紧准备钱举办葬礼的焦躁和刚杀了人的兴奋彻底夺走了源之助的理智。

源之助牵起缰绳，向认识的牛马贩子家走去。

呃呜——那是走了不到两町路的时候。

呼呼呼……马发出力竭的一声喘息后重重地倒在路边。

"怎么回事？"

源之助又是拍马脖子又是拍马脸，可马就是无动于衷。过了一会儿，马彻底伏倒在地上，闭上眼睛一动不动，像是死了一样。

这下钱也换不了了。

稻秆富翁

很久很久以前，某个地方有一个叫半太的穷人。

半太是一个非常不走运的男人，不管他怎么努力劳作，生活还是一贫如洗，爹、娘早就死了，没有老婆，没有亲戚，也没有朋友。

"俺活着究竟是为了什么？就算俺今天死了，恐怕也没一个人会为俺伤心。"在田里干了一天活儿，浑身沾满泥巴回到家里后，半太脑子里全是这些绝望的想法。

有一天早上，半太像往常一样出门种田。突然，他在一座佛堂前停下了脚步。佛堂的门微微开着，半太鬼使神差地推开门，走了进去。里面有一个佛坛，供奉着一座老旧的呈黑灰色的观音像。半太在观音像前坐下，双手合十，闭上眼睛。

"观音大士，我活着也没什么意思了，请您让我死在这里吧。"

半太小声许愿。刚许完愿，他感到眼前明晃晃的一片，于是迅速睁开眼。观音大士背后竟然发出了如太阳般耀眼的光芒。

"半太，接着。"

半太正惊讶不已，只听得一个温柔的女性的声音在对他说话。

"您、您是观音大士吗?"

"没错,你每天汗流浃背地在地里劳作,我都看在眼里。每天都勤勤恳恳、老老实实地活着,这是人类最可贵的品质。"

"可我还是活得好辛苦啊,求您大发慈悲把我带去极乐世界吧……"

"不要胡说,听好了,现在我要向你传达幸运的神谕。"

"幸运的神谕?"

"嗯,不过你不要误会,神谕只是一个契机,之后如何抓住机会则完全取决于接到神谕的人本身。"

"只要有机会改变现在的生活,您安排啥都行。"

"好,那你听好了。出了这间佛堂你一定会抓到一个东西,把它好好带在身上一直往西走就好了。"

"遥远的、西边……"

那可费腿脚了……半太有点儿不情愿。观音大士似乎是看破了他的心思。

"不要不情愿。抓到的东西不会让你幸运起来,你要拿它和其他东西交换,交换再交换,经过多次交换后,手上的东西自然就值钱了。不停地交换一定会让你更加幸运。"

"好天真的话……"

"有任何能交换的机会就去交换,不管换来的是什么，记住了吗？"

"好的……"

半太对着观音拜了拜。

抬起头来时，耀眼的光芒已经消失，观音像又变回了原来那块破烂的金属疙瘩。好像是做梦一样……唉，神谕就是神谕。半太稀里糊涂地站起来，打开门出去了。他刚出门，脚下就被什么东西绊倒，摔了个狗啃泥。

"啊，疼！"

"疼疼疼。"

半太扭头向发出声音的地方看去，只见一个男人仰面朝天地捂着膝盖，露出一副很痛苦的样子。那是一个和半太一样衣着穷酸的三十岁出头的男人。目测是半太进入佛堂后过来睡在门前石阶上的。

"喂！你怎么……"

半太正准备出言抱怨，突然发现刚刚摔倒时自己手上不经意抓起了一根稻秆。

"啊……真对不起，没事吧你？"

男人一边起身一边问。他的声音温柔礼貌，可腰间别着一把刀。

完蛋了……这家伙看上去一身破破烂烂的，不过肯定是个武士没错。

好不容易获得神谕，要是被他借机刁难一刀砍了可还得了……

"喂，听见了吗？我叫长次郎……"

半太嗖地转身迅速向西边逃去。

话说这东西……半太看着自己手上的稻秆叹了口气。观音大士说什么"交换再交换"……可这玩意儿能换啥呀……

嗡嗡嗡，虫子扇动翅膀的声音传来。一只虻虫在眼前飞来飞去，飞了一会儿后停在了半太的鼻子上，半太身手敏捷地一把抓住它。虻虫在手指间唧唧唧地挣扎着，半太拿出稻秆绑在它的腰上。唧唧唧，虻虫努力拍打着翅膀，可只是徒劳。小时候没少这么玩呢，半太充满怀念地继续向西走去。走到中泽村一聚落时，他遇见了一位背着婴儿的母亲。她背上的婴儿正哇哇大哭，见到半太手中用稻秆绑着的虻虫后却咯咯直笑，看来是非常喜欢。

"嗯？这孩子怎么笑了？从早上开始一直在哭，都要愁死我了。"

女人苦笑。

"既然他这么喜欢，那就给他吧。"

半太将虻虫和稻秆一起送给了女人背上的婴儿。

"松儿乖，真是太好了。谢谢，对了，这些给你。"

女人给了半太三个橘子。

还真能换呢,半太仍旧觉得不可思议。他继续往西走。过了一会儿,在树林的十字路口,半太遇到了一个二人组,他们似乎已经筋疲力尽了。其中一位是上了年纪的老人,另一位则是二十岁出头的姑娘。老人似乎是姑娘的随从,他问半太:"小姐想喝水,请问您有水吗?""水倒是没有……"半太说着,将橘子递给二人。小姑娘狼吞虎咽地将所有橘子一扫而光,迅速恢复了体力。

"谢谢。为了表示感谢,送你一卷这个吧。"

姑娘递过来一卷白色的东西。

"小姐,那可是……"

老人赶紧拦住她,可姑娘完全没有理会。

"好啦,阿爷,不要抠抠搜搜的。"

姑娘给他的是一匹从未见过的散发着美丽光泽的布。

"这可是珍稀难得的布,一般很难得到的。"

姑娘继续说。似乎真的是这样,半太盯着手中的布想,应该能卖不少钱吧?当然,半太并不打算卖。

他坚信,这匹布一定会像观音大士昭告的那样换来更加值钱的东西。

他兴致昂扬地继续往前走,没多久就遇到了一位抱着头愁容满面的武士。他旁边躺着一匹马，那马像是死了。

"发生什么了？"半太问。

"对我有恩的大人最近去世了，我想给他举办葬礼，但没有钱，于是打算把马卖了。可还没到地方呢，这马就……唉，一定是遭了天谴。"

虽然这人很可怜，可自己也无能为力。半太一开始并没打算做什么，但他很快改变了主意：等等！我不是获得了观音大士的神谕吗？

"如果你愿意，我可以用这匹布来换你的马。"

武士惊讶地站了起来。

"你说什么？这马可马上就要死了。"

"给。"

半太将布递给武士，然而一不小心布就从他手上滑了下来，正好盖到马的头上。

"真是一匹美丽的布……而且好像在哪里见到过。唉，不管了。你真的要换这匹马吗？"

武士捡起布，难以置信地问。

"嗯。"半太坚定地点点头。

"多谢您的大恩大德，再见了。"

也许是担心半太突然变卦，武士慌慌张张地离开了。半太对着他的背影郑重地低头行礼后看向地上的马。

"嗯……？"

怎么回事？刚才还瘫在地上的马竟然抬起头看着半太。只见它伸出前腿在地上一蹬，立马就站了起来，然后发出萧萧的嘶鸣声。这声音高亢嘹亮，根本无法想象这匹马刚刚还瘫倒在地上。

"怎么回事？什么也没干，怎么马就突然活过来了呢？"

只要有交换的机会，就不顾一切地交换。观音大士的神谕是对的。半太高兴地摸了摸马脖子，不承想马竟立即冲了出去。

"喂，喂！等等！"

半太慌忙拉住缰绳，可他哪里拉得住一匹高头大马。何况他还不会骑马。

"喂！有没有人啊！快来帮忙啊！"

——接下来，半太将以这匹马作为交换，得到一座宅邸。

半太受到观音大士神谕后发家的故事很快就传遍了整个村子，人们都叫他"稻秆富翁"。

可喜可贺，可喜可贺。

*

"这儿，这儿！"

村民拨开茂密的杂木丛。一根树枝挡住了村吏山野栗藏的眼睛。他们正处于一片野兽也无法活动的密林中。

"这鬼地方真的有古井吗？"

"嗯，我爷爷他们那一代还用过呢。你看！"

顺着手指的方向看去，还真有一口脏兮兮的古井，可惜没发现吊桶之类的器物。

山野撑在井边，探头看向井中，不禁发出"啊"的一声。

早已干透的井底仰面躺着一个男人，他睁着眼，脸上是死气沉沉的土黄色，估摸着已经死了三天以上了。男人虎背熊腰，穿着红色短外褂，右眼处有一条疤痕，光秃秃的月代上长着一颗大黑痣。

"认识吗？"村吏回头问村民，村民摇摇头。

"不认识，俺不住这儿附近。估计是一聚落或二聚落的人，也说不定是邻村的。"

这下可遇到麻烦事儿了，山野将手搭在胸前。

看起来不像是在丛林中迷路后掉下来的，倒像是被什么人杀死后在这里抛尸。不管怎样，得先把村里的年轻人叫来一起把他捞上来——

第二章·冬

一

中泽村的村吏山野栗藏被邀请到稻秆富翁的宅邸是年关将至的十二月十七日。这儿附近虽然冬天不爱下雪,冷起来却丝毫不含糊。

从二聚落出发走了一里左右,一座豪华的黑瓦宅邸出现在栗藏眼前。

进门后立马就能看到一间马厩,里面的马毛色一流,鼻子正哼哼地喷着气。

这座宅子最早是一位名叫菜种屋庄兵卫的富商建的。他通过四处兜售菜籽油发家,后来事业逐渐拓展到陆运业、土木业、药业,财富也越积越多。他不管到哪儿都始终头戴一块写着"油"字的大头巾,身材精瘦,总是豪放地哈哈大笑,人们管他叫"菜种富翁"。他在年满四十那年,将所有家业都交给了下面的人去打理,自己突然隐居了。有人说是因为他之前每天都要见很多人,从而渐渐对人产生了厌恶之情,真正的原因则不得而知。隐居后连续三年多从未踏出过这座宅邸,安安心心地过着隐居生活。

据说这位菜种屋庄兵卫在今年四月留宿了一个男

人。庄兵卫对这个男人非常青睐,于是雇他为杂工。

五个月后,庄兵卫无故病死,据说葬礼也是身边的人悄悄办的。

庄兵卫死后,这座宅子立即成了那位杂工的囊中之物。男人四处宣扬自己能得到宅子,一切源于观音大士给的一根稻秆,现在人们都叫他"稻秆富翁"。

栗藏之所以对这位稻秆富翁感兴趣,完全是因为一场意外。

今年四月,村里的古井中发现了一具男人的尸体。男人背上有刀砍过的痕迹。村里发生命案时,村吏需要抓到犯人并将其押送到城墙下的奉行所。栗藏立即启动调查,没想到难以解释的事情接连发生,夏天很快过去,到了秋天也依旧没有进展。进入十二月以后,手下打听到的一个消息让他突然有了头绪。

调查过程中,栗藏发现了稻秆富翁一件耐人寻味的事情。据说富翁每个月都会邀请两个人到宅中设宴招待。宴席上,富翁首先会介绍自己是如何获得如今的生活的,之后则由客人分享自己听到的奇谈(奇闻逸事)。

据说富翁每天都在招募人参加这一怪异的宴会。栗藏得知后立即派人去向对方表示自己愿意参加,他很快收到了回信:热烈欢迎。

"你就是村吏山野栗藏大人吧?"

出现在玄关处的男人笑眯眯地问。

"是的,承蒙招待,感激不尽。"

栗藏借着回答的时候仔细打量了一番眼前的男人。这个男人年龄在三十岁出头,身着有刺绣的华丽短外褂。之前听说今年四月时他还只是一位普通百姓,现在看来已经完全适应了故去主人的奢华的生活作风。

"这么冷的天劳烦了,我就是稻秆富翁。"

面对至少比他年长十岁的栗藏,对方言语间并未表现出太多客气。

"快进来吧,另一位客人已经在等了。"

在富翁的带领下,他们走过一条蜿蜒曲折、擦拭得一尘不染的长廊。宅邸不小,可一路上栗藏没看到任何侍者。

他们来到一间二十叠左右的大屋子。壁龛上架着一把气派的大长刀,刀柄上装饰着金色的刺绣。

桌上已经摆好了三张食案,其中一张前面恭敬地跪坐着一位佝偻着背的小个子老人。

"小牧啊,这位是村吏山野栗藏大人。"

老人微微一笑,点头示意。

"山野大人,这位爷爷是庄兵卫大人药铺中的老伙计小牧，听说了许许多多自古流传下来的奇闻逸事，今天特意请他过来助兴。你坐那儿吧，山野大人。"

栗藏听从稻秆富翁的安排，在这位名叫小牧的老人旁边的食案前坐下。富翁的食案旁放着一个燃烧着的火盆，上面架着铁壶。他从铁壶中取出窄口酒壶，分别给老人、栗藏和自己的杯中倒满酒。

"随便吃，不要客气。"

三人饮酒，进食。食案上摆着的全是鲷鱼之类的珍馐，每一碟都十分美味，和酒搭配得恰到好处。

"还合胃口吗？"

稻秆富翁微笑着问。

"非常美妙的味道。对了，富翁大人……"

"叫我半太就好了，我本来的名字。"

"那就不客气了。半太大人，请问这么大的宅邸是您一个人住吗？会客的时候，一般不是由下人来热酒的吗？"

"哈哈，我自己本来也是庄兵卫大人的杂工，承蒙他的好意寄住在这里，比起使唤人更习惯自己动手，而且这些菜也不是我做的，是叫二聚落的饭铺做好送过来的。"

栗藏点点头，吃了一口刺身。

"言归正传。"

喝下一口酒后，稻秆富翁看看栗藏，又看看小牧老人：

"想必二位也知道，这个宴席上主要是相互分享奇谈，也就是奇闻逸事。实不相瞒，我希望能网罗世间奇谈，有朝一日整理成书问世。"

"啊，整理成书。"

栗藏赞叹道。小牧老人则一言不发，只是笑眯眯地喝酒。

"二位肯定也有所准备，不过还是我先讲吧，关于我是怎么住进这栋大宅子成为稻秆富翁的。也许你们已经听过一些谣传，不过别人传的和本人讲的总归有所不同。"

稻秆富翁缓缓道来。

二

那的确是个匪夷所思的故事。

直到今年四月，半太还过着一穷二白的生活。后来他终于厌倦了这种每天拼命干活儿却依旧一贫如洗的日子，决心寻死，没想到竟在一间供奉着观音大士的佛堂接到了神谕。

"出了这间佛堂你一定会抓到一个东西，把它好好带在身上一直往西走就好了。"

有任何能交换的机会就去交换，不管换来的是什么——这就是神谕的内容。半太半梦半醒地走出佛堂，刚一出来就摔了个跟头，摔的时候还随手抓住了一根稻秆。这玩意儿能换啥呀——半太将信将疑，他抓住一只飞来的虻虫绑在稻秆上继续往西走。不一会儿他就遇到了一个背着婴儿的女人，于是将虻虫送给婴儿逗他开心，女人送以橘子作为答谢。半太继续往西走，很快又遇到了口渴难耐的小姐和她年迈的侍者，将橘子送给他们后得到了一匹漂亮的布。为了帮助为钱所困的武士，半太将布送给对方，换来一匹奄奄一息的老马。没想到武士前脚刚走，马就恢复了活力，发出嘶嘶马鸣。

稻秆变成橘子，变成漂亮的布，又变成马，实在难以相信这些奇妙的事情竟然都是一天之内发生的。这一切都是以观音大士的神谕为契机，通过交换产生的幸运的连锁反应。——听的过程中，栗藏却不禁产生了其他脱离故事本身的兴趣。那和他今晚要分享的奇谈密切相关。

"我牵着那匹马，四处寻找当晚的落脚之地。"

半太——稻秆富翁微红着脸继续说道。同样的故事小牧老人似乎已经听过多次，只是不时缓缓点头附和。

"既然要找，干脆找一个大户人家。我心里正盘算着，恰巧路过这间宅子。里面出来一位衣着气派的男人，说：'嚯！这马可真漂亮。'男人眯缝着眼抚摩马脖子，突然说：'我好像也曾有一匹这样的马。'我想，或许也能换来什么，于是提出：'那这匹马就送给你吧。'"

世间竟有如此慷慨之人！——男人大喜，将半太请入家中设宴招待。

"那个男人正是这间宅邸的前主人菜种富翁——菜种屋庄兵卫。庄兵卫大人对我非常满意，让我想住多久就住多久。当时宅子里唯一的老仆人恰好想告老还乡，于是我决定留下来帮忙。其实也不外乎扫扫地、做做饭，晚上陪庄兵卫大人聊聊天。"

"听说菜种屋庄兵卫……"

栗藏见缝插针问道：

"他隐居以后不爱见人也不怎么出门，对你倒是非常热情。"

"嗯，完全没有不爱见人的样子。"

稻秆富翁双手搭在胸前，抬头望着屋顶。

"不过他很健忘，昨天说的话今天就忘了，选择隐居好像也是因为这个。"

"是吗？"

"嗯，不怎么出门也是担心遇到熟人自己认不出来。"

"原来是这样啊……中途插嘴,真是抱歉。"

"哪儿的话,那我继续了。"

稻秆富翁拿起酒杯用酒水润了润喉,继续往下讲:

"那是暑气渐弱,水稻开始抽穗的时候。到了早上,庄兵卫大人还没有起床,我过去叫他,结果发现庄兵卫大人已经僵硬了,他的枕边有一只木碗,里面装着捣碎的草药。庄兵卫大人之前不是开过药铺嘛,平时也会自己采药捣碎后服用,但是请来的医生说碗里的药中含有毒草,看来是不小心混进去的。"

"啊?"

"庄兵卫大人名下还开有食铺,要是被大家知道庄兵卫大人是中毒身亡的,生意肯定会受影响。于是我召集各店铺的继承人讨论对策,最后决定不公开庄兵卫大人去世的原因,尽快下葬。葬礼上我们打开了庄兵卫大人的遗书,上面说生意全部交给现在的经营者,宅子则全部留给我。在场没有人反对,我就成了宅子的主人。'稻秆富翁'是继承了生意的那些商人随口叫的。"

长长的故事讲完,稻秆富翁微微一笑。

"最后好像也没什么稀奇的了。"

"哪里哪里,非常宝贵的故事。"

栗藏道谢,举起酒杯。小牧老人依旧面带微笑。他毕竟在菜种屋庄兵卫的店里当过伙计,想必知道这个故事。

"我的故事讲完啦,下面轮到你们二位了。谁先来都行,只要是类似的奇闻逸事就可以。"

"神奇的老鼠洞的故事可以吗?"

小牧老人开口。

"只要往洞里扔饭团里面就会传来歌声,听到歌声后抱住膝盖往下滚,就能一直滚进洞里。"

"一个贪得无厌的老爷爷反复轮回的故事吧?上次已经听过啦。"

富翁皱起眉头。

"没有别的故事了吗?"

小牧老人沉默着。虽说他精通各种奇谈,但看来基本已经给富翁讲过了。既然这样的话……

"既然如此,那在下……"

栗藏说:

"给二位讲一讲一个男人被不同的人杀死三次的故事。"

三

在下开始就任中泽村村吏是在二十年前,自那以来,这附近没有发生任何血案,可今年四月,从村里的古井里捞上来一具男人的尸体。男人身穿通红的短外褂,右眼处有疤痕,月代上有一颗大黑痣,脱下短褂后发现背上有刀伤。

我第一次遇到这种事,一时竟不知如何是好。冷静下来后,我在聚落和十字路口立了写有男人长相与身材特征的布告牌,收集消息。很快就有一个女人背着婴儿走进了村役所,她抹着眼泪说:"布告牌上找的人是我的丈夫,行游商人八卫门。是我杀的。"

这个叫阿岭的女人是在前一年的二月和八卫门相识的。女人原本独自居住在远离聚落的河边小屋,日子过得紧巴巴的。后来有一天,她救了受伤的八卫门,两人因此结为夫妇。

婚后没多久,阿岭就对八卫门心生不满。八卫门借口自己是走街串巷的商人,一个月没几天着家,好不容易回来也总是喝得醉醺醺的,还对她拳脚相加。没过多久,二人生下了名叫松儿的男婴,然而八卫门的态度不但没有因此好转,反而变本加厉。也许是生意还行,八卫门身上有一点儿钱,阿岭却埋怨他"有钱喝酒也不拿来补贴家用",对他的积怨越来越深。

有一天早上,八卫门像往常一样醉醺醺地回来,甚至要对松儿动手。阿岭急忙阻止,八卫门则说下午还约了人,现在想吃点儿东西,睡一觉。丈夫总是这样,突然从外面回来,一回来就作威作福,阿岭对此敢怒不敢言。那天她正生气呢,却发现了系在八卫门脖子上的东西。那是八卫门平时绝对不会买的有漂亮光泽的白布。她的直觉告诉她,这是八卫门和其他女人通奸的证据。丈夫和其他女人睡了——愤怒彻底让阿岭丧失了理智,她于是死死地将八卫门的头摁在米糠酱里,杀死了他。

阿岭打算把尸体运走藏起来,于是从一聚落的朋友家借来板车。可阿岭拉着板车回到家却发现八卫门的尸体不见了。

八卫门的尸体为何出现在了远离阿岭家的古井里呢?对于在下的这个问题,阿岭只是一个劲儿地摇头说:"不知道。"就在我和其他人百思不得其解的时候,又有一位老人带着一位年轻姑娘走了进来。姑娘对我说:

"布告牌上找的人是个山贼。是我杀的。"

那位名叫椿的姑娘是邻村一位富农的独生女,和她一起来的名叫壮平的老人是她的管家。

询问后得知,二人是在剑之山的剑健稻荷神社求完东西回家的路上遇到了那位自称八卫门的山贼。八卫门抢走他们从神社求得的东西,椿拿着铁水瓢从背后砸了他一下,趁他没站稳,一把将其推下山崖。八卫门抓着从壮平那里抢来的东西掉下了山崖。他们看见八卫门四脚朝天躺在崖下中泽川的河滩上，一动不动。

虽说当时是黎明时分，又是在山间，光线不是很亮，但二人均坚持认为那个山贼就是告示牌上的人。至于为什么尸体会出现在村子的古井里，二人则和阿岭一样，只是摇头。

听到两个完全相悖的证言，在下和其他村吏更加困惑了。没想到过了一会儿又进来一位自称是原口源之助的武士，他是这么说的：

"告示牌上找的人叫八卫门，是个放高利贷的，是在下杀了他。"

原口不知道八卫门做的是什么生意，但是认为他为人十分傲慢。原口做梦都不敢想自己有一匹马，而这个男人每次见他都要牵上一匹毛色一流的老马，一边宝贝地摸着马脖子一边和他说话，像是故意戏弄他。每见一次八卫门，原口对他的恨就更多一分，但是除了八卫门，没人愿意借钱给他，他只能越欠越多。后来原口接到消息，自己曾经深受其照顾的家老去世了。

曾经雇用他的家老，家中被满门抄斩后与夫人二人过着几近乞讨的生活。夫人泣不成声地希望至少能给家老办葬礼。原口决定再找八卫门借钱，于是约他到老地方——荒寺背后。

二人约定未刻相见。约定的时辰过去一会儿后，八卫门牵着马到了约定的地点，提出拿刀换钱。原口手上的御茶摘守时贞是天下独一无二的名刀。他表示拒绝后，竟遭到八卫门的戏弄。原口终于忍无可忍，举起旁边的地藏菩萨像，冲着八卫门的头上砸去，杀死了他。

原口自知酿下大祸，但家老的葬礼还是得办。于是他一时魔怔，牵走了站在尸体旁的马，准备卖给熟识的牛马贩子，用卖马的钱给家老办葬礼。

几天后，举办完家老的葬礼，原口回到中泽村，发现了画有八卫门头像的告示牌，上面说发现了身份不明的尸体，希望有线索的人到村役所报告。原口觉得肯定是自己杀的。他曾一度想逃，但是想起家老生前叮嘱他，要活得光明磊落，于是前来自首。不过原口也一样，完全不清楚为什么八卫门的尸体会出现在古井里。

四

"在下将阿岭、椿以及原口会聚一堂，三人均表示互相不认识。事情越来越棘手。"

说到这里，栗藏拿起酒杯，喝了一口酒。

"……真是闻所未闻的奇事。"

稻秆富翁说：

"有多个可疑的人，每个人都坚称不是自己干的，这倒合情合理。可一下子冒出来三个人，每一个都声称是自己杀的……"

"或许可称为多重杀人？"

小牧老人接着说。

"尸体只有一具，凶手却有三人，而且互相不认识……令人难以置信的还不只如此。阿岭杀死的八卫门是位走街串巷的商人，椿杀死的八卫门是山贼，原口源之助杀死的八卫门是放高利贷的。三个人口中的八卫门身份都不一样，现在就连八卫门究竟是谁也弄不清楚。'谁杀的'和'杀的谁'，都是未解之谜。"

栗藏一动不动地盯着小牧老人。仅听一次，这个老人就完全消化了他的话，不愧是精通各种奇谈的人……栗藏正惊叹不已，老人突然又开口了：

"啊，还有一点。三人都是杀死八卫门后就离开了，然后尸体莫名其妙出现在陌生的古井里。未解之谜还要再加上一个——'尸体移动'。"

"这不全是未解之谜吗？究竟怎么回事？！"

年轻的富翁抓耳挠腮，和沉着的小牧老人形成鲜明对比。栗藏面向富翁，说：

"在下也十分苦恼，于是拼命调查，四处打探线索。功夫不负有心人，一位下属终于打听到一件玄妙的事——据说世上存在多面人。"

稻秆富翁皱起眉头，栗藏继续道：

"什么意思？"

"一个人以多个面貌生存，听说在遥远的外乡有一位大人就有这个爱好，有时化装成手艺人，有时化装为赌徒，有时又化装为乞丐。"

稻秆富翁抚摩着下巴，思索片刻：

"啊，这么一说好像听说过。"

"有人说八卫门会不会就是一个多面人，他时而是个走街串巷的商人，时而是山贼，时而又是利欲熏心的放高利贷者。"

"倒也不是不可能。可就算这样，八卫门为什么会被三个人杀死？这个谜还是没有解开。"

"没错，但是按照这个思路继续调查下去，八卫门身上究竟发生了什么，似乎都联系起来了。椿和壮平交代的线索就是一切谜题的源头。"

"那个线索是？"

"也就是……"栗藏正要继续往下说。

"应该是剑健布吧？"小牧老人抢先一步。

栗藏惊讶不已。

"您是如何知道那个布叫……？"

"嗯……我可是以收集奇谈为乐趣的。要说剑之山的剑健稻荷神社，就离不开剑健布。"

老人略显得意地举起酒杯往嘴边送。

"到底怎么回事？什么剑健布？"

稻秆富翁迫不及待地问。

"那是剑健稻荷神社每年用狐狸毛制作的奇特的布。这种布蕴含着神奇的力量，刚死不久的生灵只要用它裹上一会儿，立马就能起死回生。"

"刚死不久的生灵？起死回生？！"

"我堂弟曾经养过一条狗，后来生病倒下了。"

小牧老人继续说。

"堂弟听说过剑健布的神奇，于是到剑健稻荷神社求了一匹。狗断气后堂弟立即拿布将其裹上，没过多久，狗竟然活蹦乱跳，到处汪汪大叫。"

"竟然还有这种事……小牧啊，这是何等奇谈，怎么现在才说？"

"抱歉，接触的奇谈多了，难免会有遗忘。"

小牧老人喝下一口酒后：

"长次郎。"

冷不防冒出一句没头没脑的话。栗藏不明所以，只见眼前的小牧老人突然露出腼腆的微笑。

"抱歉，看来是酒劲儿上来舌头打结了。富翁大人，要不让我猜一猜这位村吏大人找到的真相吧，当是赔罪了。"

"欸？"

老人突然的提议再次让栗藏惊诧不已。

"我倒无妨，山野大人觉得怎么样？"

"啊，好……"

这位不可思议的老人似乎有什么魔力，栗藏完全被他的气场吞没，让他抢走了话头。

五

"阿岭、椿、原口三人，说的应该都是实话。他们三人的确都杀死了八卫门。"

小牧老人首先说道。说完，他看向栗藏。

"根据椿的证言，八卫门'抓着从壮平那里抢来的东西掉下了山崖'。这个'抢来的东西'应该就是剑健布，没错吧？"

"是的。"栗藏回答。

"也许是剑健布恰巧盖在了八卫门的肚子上，两人往崖下窥探的时候，八卫门确实是死了。但是多亏了肚子上盖着的剑健布,他们离开后,八卫门很快就起死回生,有了活力。"

"啊?!"

稻秆富翁惊讶不已,栗藏却一言不发。小牧说的内容和他的推理完全一致。

"那八卫门为什么没有继续追赶椿他们?"

"他应该也想过,可醒来时两人已经离开,而且他在山崖下面。虽说恢复了活力,但要爬上山崖没那么容易。比起爬上去,不如顺着河流往下走,去下游阿岭住的地方。这时,他突然注意到肚子上那匹美丽的布,想到路上难免涉水,到时可以用来擦拭身体,于是把布系在脖子上往家那边走去。"

小牧老人点点头,似乎对自己刚刚说的很是满意。他继续道:

"回到家后,见到阿岭的八卫门立刻成了一位脾气暴躁的行游商人。阿岭也注意到了——八卫门的脖子上系着自己从未见过的漂亮的布。"

"竟然是这样!"稻秆富翁不禁感叹,"阿岭以为的'他和其他女人通奸的证据',原来是那匹神奇的剑健布啊!"

小牧点点头。

"误会了八卫门的阿岭被嫉妒冲昏了头脑,将八卫门的头按在米糠酱中杀死了他,但是这个时候八卫门脖子上依旧系着剑健布。阿岭背着孩子出去后不久,八卫门就又活过来了。"

"然后呢?"

稻秆富翁迫不及待地问道。

"嗯……八卫门曾对阿岭说'下午约了人',是吧?栗藏大人。"

"没错。"

栗藏回答,小牧老人的敏锐甚至让他感到些许恐惧。

"那个人估计就是那位名叫原口源之助的武士。在阿岭家中复活之后,八卫门突然想起这件事,为了在原口面前炫耀,特意先回到另一个家,牵着马前往荒寺。"

"然后他愚弄源之助,第三次被杀死。"

"没错,但他脖子上还系着剑健布,源之助牵着马离开后,八卫门大概又死而复生了。"

说到这里,小牧老人缓缓看向栗藏。

"怎么样?村吏大人。"

"……嗯。"栗藏说。

说实话,他非常吃惊。不过这样他倒也省了一桩事,不用多费口舌了。

"和在下找到的答案一样。"

"嚯嚯!"

稻秆富翁高兴地拍拍手。

"真不错,小牧!三次被杀,三次死而复生的多面人——如此骇人听闻的故事,我还是第一次听到。哎呀,今晚的故事真是太精彩了!我要把这个故事放在书的开头。"

稻秆富翁突然加快了语速,不过栗藏还是注意到了。果然没错,他似乎想让话题尽快结束。这说明他着急了。

"啊呀,不知不觉已经这么晚了,今天差不多就到这里吧。我送你出去吧,山野大人。"

"等等。"栗藏开口。

此时富翁已经起身,突然一动不动地定住。

"故事还没有结束呢,接下来才进入正题。"

"正题?"

"没错。八卫门三度被杀,三度起死回生。第四次却是真的被杀,再也没有活过来。这第四次的真凶还没有弄清楚呢。两位请想想,尸体背部有刀伤,但是阿岭、椿、原口都未曾提及自己砍伤了他。"

"好啦。"富翁笑着说,"奇谈已经足够精彩了。"

"这不是奇谈。老实说,在下今天正是为逮捕杀害八卫门的真凶而来。"

栗藏紧紧盯着富翁。稻秆富翁的额头上已经冒出了几滴虚汗。

六

哈哈，哈哈哈……

小牧老人大笑，似乎是为了缓和两人之间紧张的气氛。

"这可真有意思。富翁大人，让他继续讲吧，我想听听村吏大人还有什么神奇的故事。"

这位机敏的老人是自己这一边的，栗藏当即领悟。

"闭嘴，小牧！这可是我的地盘。"

"那就先从八卫门是谁说起吧。"像是有人撑腰一样，栗藏放大音量。

也许是感觉到他的杀气，富翁坐下来，不悦地闷了一口酒。

"又放高利贷，又有马，家境肯定非常殷实，而且有闲暇过多闲人的生活，还能不被外人发现，这一带有能力做到这些事的人只有一个。"

"菜种屋庄兵卫吗？"小牧老人说。

栗藏点点头。

"胡说！小牧，你怎么也……"

富翁明显已经乱了阵脚。

"庄兵卫体形精瘦，"小牧老人明显在帮助栗藏，"但是自从三年前将家业转给他人，带着财宝把自己关在这座宅邸，再也没人见过他。这三年间若是变胖，体形变了也说不定。"

"在下也这么觉得。他总是戴着写有'油'字的头巾，就算月代有黑痣也没人知道，眼睛上的伤痕则可能是隐居后造成的。也许是厌倦了宅子里的无聊生活，于是开始做多面人。"

"你们都别说了。"

"在荒寺中被原口杀害又死而复生的八卫门——菜种屋庄兵卫回到宅子，正好遇到牵着马从家门口路过的你。你自己不也说了吗？庄兵卫说：'我好像也曾有一匹这样的马。'那是当然，因为那本来就是他的马。"

"别说了。"

"不爱与人交往的庄兵卫因为喜爱那匹马，所以把你请到家中。接到观音大士的神谕后接二连三换得值钱东西的你胃口越来越大，提出用马换这套宅子。庄兵卫表示拒绝，于是你怒火中烧……"

"不是说了，别说了嘛！"

稻秆富翁涨红着脸站起来。

"古井中发现尸体是在四月吧？庄兵卫大人死的时候是秋天！"

"这段时间没有人见过庄兵卫。"栗藏平静地说，"就算隐居也应该会和原来家业的继承人见面才对。我让下面的人查过了，从四月到秋天举办葬礼的这段时间，没有任何人见过菜种屋庄兵卫。想必凶手是四月杀死他、夺走他的宅邸，刻意伪造了他一直活到秋天的假象。"

"你胡说八道什么！"富翁着急地回击，"他已经决定隐居了，怎么会见继承人？"

这么狡辩的话确实无话可说，可现在要是撤了……

"富翁大人，"小牧开口道，"有一件事，我第一次进这间房间时就很在意。"

说着，他的眼睛看向壁龛，上面摆放着刀柄上装饰着金色刺绣的三尺大长刀。

"要是刀柄上沾了八卫门的血，算是怎么回事？"

"你在说什……"

稻秆富翁话音未落，小牧老人立即起身走向壁龛，将刀拿在手中。

"乍一看，刀柄上似乎没有什么脏东西。不过砍过人的刀，刀刃上一定会留下蛛丝马迹，拔出来看一看也许就清楚了。"

"住手！"

稻秆富翁扑了上去。栗藏眼疾手快一把抓住他的脚，富翁砰的一声摔在地上，打翻了食案。

"老丈，拔刀！"栗藏冲小牧老人大喊。

老人迅速拔刀。

"这、这……"

栗藏瞪大眼睛，呆若木鸡。

眼前的大长刀——锈迹斑斑。

"……哈……"

趴在栗藏面前的稻秆富翁打破了沉默。

"哈哈，哈哈哈。"

他捶打着榻榻米，放声大笑。接着，手握着锈迹斑斑的大长刀的小牧老人也笑了起来。栗藏松开富翁的腿。

"真是不好意思，不会保养，竟然锈成这样了。"

"这可不止一年没有保养啦，就算是今年春天，这把刀也砍不了人。"

小牧老人边说边收刀入鞘。

"村吏的故事实在太精彩了，一不小心就入戏了……真不是个好习惯。"

"……难道说不是你？"

"开什么玩笑！"

稻秆富翁从地上站起来。

"那么，八卫门究竟是什么人……"

"不知道，不过死了三次、复活三次的谜算是解了吧？"

"最后的凶手估计是哪里的谋财武士吧，真相往往是这样。"

小牧老人把大长刀放回刀架上。

"可是……"

"啊！太开心了！一转眼坐了这么长时间，差不多该告辞了。"

老人步履蹒跚。

"小牧，你喝多了，今晚就住在这里吧。村吏大人要不也住一晚？"

"不了，明天一大早还有公务呢。"

"那就不强留了，我送你到门口吧。"

栗藏起身。竹篮打水一场空，他已心气全无。

七

大堂的隔扇关上，稻秆富翁和栗藏的脚步声越来越远。彻底听不到他们的脚步声后，小牧老人——半太拿起窄口酒壶给杯里倒满酒。

"好险，好险！"

他喃喃着，将酒倒入口中。

半太没有一口喝下，他细细品味着口中的美酒，又想起那天的事情。

年过六十，却依旧一贫如洗；没有妻子，也没有可以依靠的亲戚和朋友，所剩无多的生命毫无希望。那天早上他是真的想在佛堂一死了之。接到观音大士的神谕，他一开始很不情愿：老胳膊老腿的，到底要往西走多远呢？

没想到往西走的过程中，稻秆变成橘子，橘子变成漂亮的布，看着手中的东西越来越值钱，他也越来越开心。得到马的那一刻，他简直欣喜若狂。

但是马恢复精神后，当他准备去牵缰绳的那一刻，他突然后悔了。一个没骑过马的老叟根本驾驭不了如此充满活力的马。

"喂！有没有人啊？快来帮忙啊！"

眼看要被马牵着跑，半太急忙大声呼救。这时，半路冲出来一个男人，紧紧地牵住缰绳。

"吁，吁！"

马很快就老实了。半太立即道谢，而当他看清男人的脸时，他几乎叫了出来。

"老爷爷，你今天运气也太好了吧！"

这个擦着鼻涕傻笑的人正是早上从佛堂出来时将他绊倒的穷武士。

穷武士再次介绍，说自己叫长次郎，他感觉会发生什么有趣的事情，于是一整天都跟在半太后头，见证了他一路把稻秆换成高头大马的神奇经历。

"那就不多说了。这马太强壮了，我驾驭不了，你有什么能用来交换的吗？"

半太询问道。长次郎把缰绳交到半太手中，双手枕在脑后，笑了：

"我没什么值钱的东西能用来换你的马，不过我生来小聪明就多。我脑子里已经有主意了，可以用你的故事获取一大笔值钱的东西。怎么样？一匹马换我一个主意，如何？"

男人的话甚为可疑，可半太已经被"交换"一词冲昏了头脑。那天他听从观音大士的神谕，抓住一切机会去交换，一路走到了现在。半太决定同意长次郎的提议。

长次郎带他来到一座黑瓦白墙的豪宅前。

"有人在吗？开门啊！快来瞧瞧这匹宝马！"

庄兵卫循着长次郎的呼声而出，额头上不知为何负了伤，一见到马他就说："这是我的马！刚被偷走没多久！"半太甚感惊讶，但他很快就选择了迎合。

"我就知道,所以才特意来交还给您。可我们没有地方住,方便的话是否能让我们留宿?"

"我从不请人来家里。"

"那就只能这样了。"

长次郎一把将庄兵卫撞回宅子内,又迅速把惊讶不已的半太拉进去,啪的一声关上门。

"不要啊!救命!"

庄兵卫转身背对着他们正准备往里逃,却被长次郎拔刀砍倒。

"啊!"

庄兵卫血洒当场,很快就死了。

"你、你疯啦……"

"这家伙是有名的富翁,大家都知道他不会走出这座宅子。听好了,你要大肆宣扬自己靠一根稻秆发家的故事,最后只要说庄兵卫将宅子送给你就万事大吉了。"

"可、可富翁的尸体怎么办?"

"谁也不知道他最近长什么样,随便给他穿一件短外褂,找一口古井扔下去就好了。不过现在上位肯定会招人怀疑,先装作他还活着,装个半年再随便办个葬礼,到时候你就是名正言顺的富翁大人了。"

太荒唐了!

见半太胆战心惊的样子，长次郎笑了。

"这样吧，对外就说我是稻秆富翁，你则是做杂工的老头儿，或者寄住的食客。反正都一样，可以在这宅子里不愁吃、不愁喝。"

"可、可是……"

"相当于把你的身份和我的调换一下。"

长次郎说完后微微一笑，仿佛完全知道半太接到的神谕。

古井中的庄兵卫的尸体果然被视为无名尸，村吏将此事贴上了告示牌。二人本以为事情会就此不了了之，没想到半路冒出来一个八卫门，着实让村吏摸不着头脑。摸不着头脑就好——他们并没有太在意，在宅子里一直生活到秋天，反正食物有的是。到了秋天，他们将庄兵卫各事业的继承人召集起来，伪装成庄兵卫最近刚死的样子。所有人都被骗得团团转。

一切似乎都很顺利。但是最近发生的事情却让他们的生活蒙上了一层阴影。

有消息说，村吏山野栗藏和他的手下在找各店铺的继承人打听线索。长次郎独自暗中调查，得知情况甚为复杂——庄兵卫一直以八卫门之名过着多面人的生活，而且已经出现了三个凶手，山野栗藏已经知道了剑健布的秘密并看穿了真相。长次郎断定，山野栗藏顺藤摸瓜一路摸到宅子这儿,只是时间问题。

半太急得团团转,不知道该怎么办,长次郎则安慰道:"别担心。"说着便露出一贯的微笑,拿出一把不知从哪里得来的锈迹斑斑的大长刀。

"提前准备就好了。"

稻秆富翁设宴请大家分享奇谈——消息刚放出去不久,山野很快就上钩了。

今天晚上,前来赴宴的山野果然像长次郎预测的那样聊起了案子的事情。假扮成智多星老人的半太则装作听一遍就找到真相的样子,抢先一步开始推理。山野疏忽大意,就在他即将揭发事情的真相时,半太轻描淡写地指出,壁龛放着的大长刀就是凶器。

"——这个时候,破破烂烂的大长刀一出现,热血沸腾的、以为自己的推理一定正确的山野就会一下子跌入谷底,再也不会对我产生任何怀疑了。"

半太把酒杯放回案上,再次回想起长次郎狡猾的笑容。

即将开始铺垫阶段的推理时,半太却大意了,竟然对伪装成稻秆富翁的长次郎习惯性地直呼其名——"长次郎"。

眼见栗藏起疑,长次郎的眉毛微微一抖,还好借口喝醉糊弄过去了,不过那一刻真是心脏都要跳出来了。

后来的一切都在计划之内，今晚算是大获成功了。计划达成的释然与疲劳一齐作用，半太四仰八叉地躺在榻榻米上望着硕大的屋顶。

气派的宅邸，足以让自己在所剩无多的日子里衣食不愁的财产，这些也都多亏了观音大士的神谕——"抓住一切机会去交换。"

可喜可贺，可喜可贺。

真相・猿蟹合战

【狸猫茶太郎从人类长兵卫那里听来的故事】

距离这立林村五里处的山里,有一片开阔的地方,叫赤尻平。没有任何一条山路能通往那里,人类根本无法踏足,那是动物们无忧无虑生活的乐园。

据说,这是十年前在赤尻平发生的故事。

那里住着一只螃蟹。有一天,螃蟹在路上捡到一个饭团,他正准备饱餐一顿时,突然听见有个声音叫他:"哟,螃蟹大人。"

那是一只暴躁好斗、喜欢捉弄人的猴子,名叫南天丸。南天丸说:

"要不你把饭团给我,我送你一粒柿子的种子吧。你想想,饭团吃完就没了,但是柿子的种子总有一天会长成大树,每年都结出好吃的果实。长远来看,显然柿子的种子更划算。"

被花言巧语哄骗的螃蟹种下用饭团换来的种子，勤勤恳恳地浇水、施肥，拼命照料。终于到了秋天，长大的柿子树上果实累累。可螃蟹不会爬树。这时，南天丸又来了。

"那就我来帮你摘吧。"

南天丸三两下爬到树上，把熟透的柿子一个接一个摘下来，塞进了自己的嘴里，完全不理睬地上的螃蟹。螃蟹不高兴了。

"喂，南天丸大人，那是我种的柿子树啊，也给我摘几个。"

南天丸生气了。

"烦死了，这么想要柿子的话，这个给你！"

他摘下一个绿油油、硬邦邦，还没有成熟的柿子，朝螃蟹扔了过去。被柿子击中，甲壳破裂的螃蟹就这样死了。

这只螃蟹有几个相交多年的好朋友——栗子、马蜂、石臼，还有牛粪，他们对夺走好朋友性命的南天丸恨之入骨，发誓要报仇。最聪明的牛粪制订了一个惩戒南天丸的计划。

南天丸有一个儿子，名叫枥丸。他们找准时机，打算在枥丸到隔壁山上采松茸的时候执行计划。南天丸不在家，螃蟹的朋友们就趁机溜进了他家里。栗子把自己埋在围炉的炉灰里，马蜂躲在厨房的水缸里，牛粪藏在门口，石臼则藏在门口的屋檐上面。

南天丸终于回来了。天很冷，他一回来就给围炉生了火。火生好后，藏在围炉里的栗子啪的一声突然裂开，打在南天丸的脸上。南天丸被烫得龇牙咧嘴，赶紧打开水缸的盖子准备用水降温。他刚打开盖子，马蜂就出来在他手指上扎了一针。

南天丸家附近生长着可以治百病的药草。他冲出家门准备去采药，没想到刚好踩在门口的牛粪上。踩中牛粪后，他脚下一滑，摔了个大跟头，四脚朝天地躺在地上。这时，躲在屋檐上的石臼抓住时机瞄准他，咚的一声砸了下来。

伴随着令人恶心的吧唧一声，石臼下面渗出血来。

石臼抬起沉甸甸的屁股，屁股下的南天丸已经翻起了白眼，舌头耷拉在嘴巴外面，一动不动。像他杀死螃蟹那样，他也被完全摧毁，死翘翘了。

……听好了，茶太郎，做坏事肯定会遭到报应。一定要好好对待别人，不管人类还是动物，这一点都是一样的。

一

茶太郎寄住在立林村一间叫毛林寺的寺庙的檐廊

下。虽然艺人长兵卫先生说他可以和自己一起住进庙里，但茶太郎觉得，狸猫怎么能住进人家屋里呢。这是茶太郎的礼仪。

今天早上，一只猴子找到茶太郎的住处。

"我来自赤尻平，叫作枥丸。"

长兵卫先生讲过的故事"猿蟹合战"中被杀死的猴子南天丸的儿子……茶太郎以为那只是个童话，没想到枥丸和赤尻平真的存在。然而，真正令他吃惊的还在后面。

"你小子就是被兔子杀死哥哥的茶太郎吧。那只兔子，我来替你杀了吧。"

接下来，枥丸给茶太郎介绍了自己的计划。茶太郎一开始只是目瞪口呆地听着，后来逐渐被枥丸的话所吸引。

"怎么样？要加入我的计划吗？"

"啊，啊……"

枥丸一脸自信，茶太郎像是着了他的魔。

"那你现在跟我走一趟吧。"

"去哪里？"

"赤尻平哦[①]。"

[①] 此处的"哦"，原文为"べ""だべ"，为日语方言。一些角色的话中经常出现"哦"。

长兵卫今天休演。茶太郎离开檐廊，跟随枥丸在山里走了五里路。茶太郎走在茂密的树丛中，根本不相信这种地方会有聚落。当眼前出现一座座宛如人类建造的房子和农田时，他简直怀疑自己是不是在做梦。

　　"再往前走，你要变成猴子的样子，像人一样用两条腿走路。"

　　终于要进入赤尻平的时候，枥丸说。

　　"为什么？"

　　"见到猴子和狸猫走在一起的话，有的家伙会大惊小怪，赤尻平的猴子都用两条腿走路，这样才不会被怀疑。"

　　茶太郎顺从地变成猴子，跟在枥丸后面。

　　用两条腿走路还真别扭。狸猫的变身术只能模仿外形，就算变成鸟和蝙蝠也不会在天上飞，变成鱼也不能长时间潜在水里。茶太郎的本事可是能在人类面前卖艺的，用两条腿走路也比其他狸猫擅长，但是走这么长时间还是第一次。而且在动物友好相处的地方根本不需要任何变换，保持狸猫的样子不就可以了吗——他正疑惑着，一只上了年纪的猴子走了过来。

　　"哟，枥丸。"老猴子对枥丸说。

　　"干什么？"

　　"你今天不是要去咚咚山上采杨梅吗？"

"计划有变。"

"哦……嗯？这是谁？很眼生啊。"

"两座山外的亲戚哦。"

老猴子上下打量着茶太郎，看向枥丸。

"你们这是去哪儿？"

"带他看看我们家以前住的老房子哦。"

"咦，发生了那种事，还去那儿干吗？"

"都过去十年了哦。"

"是吗，再见。"

看着老猴子走远后，枥丸对茶太郎微微一笑。

"你的变身术还真有点儿东西，完全没有破绽。"

过了一会儿，他们面前出现一间平房。走到推拉门前，枥丸回头看向茶太郎，他指着门底，说：

"这就是我爸被杀死的地方。"

茶太郎想象着被石臼砸中、血肉模糊的猴子尸体，不禁打了个冷战。

伴随一阵吱吱呀呀的声音，枥丸打开推拉门。一间客厅出现在眼前，客厅中央有一个大大的围炉。

"进来吧。啊，对了，你能继续维持猴子的样子吗？不知道会不会有谁突然进来。"

茶太郎点点头，按照枥丸的指示在围炉旁的坐垫上盘腿坐下。短尾巴坐下来的时候非常碍事。

枥丸在茶太郎对面坐下，他拿起火筷子，翻出锅下闷着的火种，添上杉树皮和小树枝，然后拿起竹筒轻轻吹气。他生火的动作非常熟练，和照顾自己的和尚相比也毫不逊色。

火生起来后，枥丸看了看四周。

"家里还保持着俺爹死前的样子。"

也就是说，栗子是在眼前这个围炉中裂开、飞出来的。

想起这里发生的惨案，茶太郎再次感到后背发凉。这只猴子可真了不起，身处父亲被杀的案发现场却能如此沉着平静。

"枥丸大人。"茶太郎说，"来的路上我想了想，那个……刚才的计划，我还是觉得，我的负担是不是有点儿太大了？"

"是吗？"

"我要杀的只有一只，你要杀的却是栗子、马蜂、石臼，还有牛粪。"

枥丸听完后，狡黠地笑了。

"这个房子里发生的故事，茶太郎大人是从哪里听说的？"

"是一直照顾我的一个名叫长兵卫的人讲给我听的，和村子里谣传的几乎一样。"

"你讲给我听听。"

在枥丸的催促下,茶太郎拼命回想,将自己从长兵卫那里听来的故事讲给枥丸听。

"你果然误会了哦。"茶太郎的故事讲完后,枥丸说道。

"误会?"

"你放心吧,茶太郎,我想杀的也只有一只,我特意带你来这里,就是想告诉你这个。"

"一只……那就是马蜂?还是……"

"请茶太郎大人猜猜看哦。"

"猜?"

茶太郎眨巴着眼睛。

"这到底是怎么回事?枥丸大人。"

"这次计划,确实是我主动找你的,你的变身术也的确无可挑剔,但我还没有完全认可你哦,还要看看你有没有足够的智慧。"

面对突然出言挑衅的枥丸,茶太郎产生了些许怀疑。

"你别这样嘛,茶太郎大人掌握的信息实在太少了,听我讲完也不迟哦,真正的猿蟹合战的故事。"

"真正的猿蟹合战?"

茶太郎心中的怀疑越来越重,但枥丸的最后一句话勾起了他的好奇心。当初长兵卫先生给他讲这个故事的时候，他就觉得有几个地方很奇怪。

"我们边吃边慢慢讲吧。"

枥丸从系在腰间的布袋里掏出什么东西扔给茶太郎，茶太郎伸手稳稳接住。

是熟透的柿子。

"先从模藏讲起哦——"

那是一个茶太郎没听过的名字。枥丸慢慢剥开柿子皮。

二

先从模藏讲起哦。

模藏是一只猴子。在他还是个小崽的时候，就对人类制作的玩意儿非常感兴趣。有一次，他从人类住的村子里偷出了一个名叫火枪的东西。

……没错。嗯……就是那个把铁球塞进筒里，然后砰的一声发射的可怕玩意儿。模藏知道铁炮需要用到火药后就想自己做做看。炭粉，还有叫硫黄的黄色粉末在赤尻平附近都能采到。此外，还需要一种叫硝石的白色粉末，不过模藏很快就发现，给鱼的肠子里拌入炉灰再放一段时间就能得到。

猴子的手脚本来就比人类的灵巧，只要知道做法就能做出一模一样的东西。模藏很快就成了赤尻平最炙手可热的火药名人,他炸毁碍事的岩石,在夜空中放烟花逗大家开心,派上了大用场。听说他非常喜欢自己做的火药,甚至养成了一个怪癖,每次都要拿火药拌饭才能吃得香。

转眼模藏长大了,他要娶一只名叫蓝林的母猴。蓝林毛色亮丽,在赤尻平大家都很喜欢她。不仅被大家所需要,还能娶到这么漂亮的媳妇儿,模藏实在太幸福了。

然而有一天,赤尻平的掌权人——猩猩翁的手下过来强行带走了模藏哦。前一天晚上,一个猩猩翁的手下脚受了重伤。听说那小子喝了猿酒,醉醺醺地走在路上,突然听到一声雷鸣似的声音,紧接着脚就像骨头碎了一样,疼得在地上打滚。他是被火枪击中了。而放眼整个赤尻平,只有模藏有火枪。

模藏坚称不是自己干的,可猩猩翁就是不信。模藏遭到一顿毒打后被扔进了赤尻平边缘的小破屋里关了整整两年。和蓝林的婚事当然也作废了哦。

*

"……这差不多是十二年前的事情哦,那时候俺爹还活着。"

故事讲完后，枥丸张开嘴巴吧唧一声咬了一口柿子。听到如此凄惨的故事，茶太郎沉默了好一会儿，然后开口：

"这个故事和南天丸大人有什么关系吗？"

"当然，猩猩翁的手下就是他开枪打的。"

"欸？！"茶太郎简直要窒息，"是南天丸大人？"

枥丸若无其事地点点头。

"当天晚上，他悄悄溜进模藏家里把枪偷走，然后躲起来偷偷瞄准猩猩翁手下的脚开枪，完事后再赶紧把枪放回模藏家，别人当然会怀疑模藏。"

"南天丸大人为什么要这么做？"

"因为嫉妒哦。模藏和他年纪差不多，却有一门独一无二的技术，还即将迎娶漂亮媳妇儿！也难怪，谁叫他自己的老婆莲华空有个好听的名字，实际上却是一个矮冬瓜，闭着眼睛也很难夸她好看，还讨厌水，成天不洗澡，熏死人了。"

枥丸说着，捏住鼻子，开始哈哈大笑。

竟然这么诋毁自己的娘……茶太郎简直目瞪口呆，不过他似乎有点儿理解枥丸的真正目的了。

"后来模藏发现自己是被南天丸大人陷害的，于是准备复仇。……杀死南天丸大人的家伙，除栗子、马蜂、石臼和牛粪以外，还有一个模藏，是吧？然后枥丸大

199

人最痛恨的就是模藏……"

"哟哟哟，别着急嘛。"

枥丸连连挥手。

"这才哪儿跟哪儿呀，你不可能这么快知道我要杀谁。你现在看到的，不过是猿蟹合战最表面的东西。"

究竟怎么回事……茶太郎一头雾水。枥丸掏出另一个柿子，开始剥皮。

"接下来是岩兵的故事哦——"

三

接下来是岩兵的故事哦。

正所谓人如其名，岩兵是个像岩石一样的大块头。每到冬天，赤尻平的大力士就会聚集到一起玩相扑，但是没有一只猴子能战胜岩兵哦。力气大的猴子向来受欢迎。看到旁边的母猴对着自己哇哇大叫，岩兵的尾巴都要翘到天上去了。

南天丸这只猴子尤其见不得其他猴子比自己更受欢迎，于是决定整一整这个岩兵。于是那年冬天的相扑大会上，南天丸把牵牛花的种子捣碎混入年糕里，带给了岩兵。每次相扑大会当天，岩兵都会一大早就吃许多自己最爱的年糕讨彩头。

"这下子今年也赢定了！"他高兴地把所有年糕吃了个精光。

茶太郎大人想必也知道，牵牛花的种子是一味泻药，而且不会立马见效。就在岩兵站上擂台，和强敌扭打得正凶的时候，肚子突然疼了起来。手脚发软的岩兵被比自己小一圈的对手轻松扔下擂台。不仅如此，他来不及冲到厕所，直接拉在了擂台上。

*

"——因为弄脏了神圣的擂台，岩兵被永远禁止参加相扑大赛。"

"他知道这是南天丸大人搞的鬼吗？"

"当然哦。"

枥丸回答。柿子的汁水不停从他嘴巴里滴下来。

"相扑是他最得意的事情，突然被禁止参加比赛，岩兵怒不可遏，恨不得痛下杀手。"

"……可实际上杀死南天丸大人的是栗子、马蜂、石臼和牛粪吧？还是说岩兵大人也加入了？"

枥丸将视线从没吃完的柿子上转移到茶太郎脸上，然后长叹一口气："哎……"

"我对茶太郎大人真是太失望了。"

"为什么？"

"……算了，复仇的事我还是找别人吧。"

"啊？等等！"

茶太郎着急了。

"你再让我想想嘛。"

"你是不是无论如何都想加入我的计划？"

"嗯，当然了，我也想给哥哥报仇！"

哥哥茶茶丸的样子浮现在茶太郎的脑海中。哥哥虽然平常喜欢捉弄人，但本性善良，就算自己再饿也一定会将吃的分给茶太郎。两个月前，哥哥背上的柴被人放火点着，因此受了很严重的伤。不仅如此，他还被人骗上泥船，最后溺死了。茶太郎对兔子勘太恨之入骨，恨不得杀他一万次！

"要想报仇，枥丸大人的计划是最合适的。"

嘿嘿，枥丸露出得意的微笑，然后伸出舌头舔干净沾在手上的柿子汁。

"那我就再给你一个线索哦。岩兵四处叫嚣说：'总有一天，我要一屁股坐在南天丸身上，杀死他。'"

这算哪门子的线索？茶太郎双手搭在胸前冥思苦想，可依旧不知道枥丸究竟在想什么。

"岩兵喜欢吃什么，还记得吗？"

枥丸似乎已经失去了耐心。

"不是年糕吗?"

"对啊,年糕。"

"可这和你要杀的人有什么……"

话还没说完,茶太郎突然明白了。

年糕是用石臼捣的。岩兵说他恨不得一屁股坐在南天丸身上——

"猿蟹合战中的石臼难不成指的是岩兵大人?"

枥丸听到答案微微一笑。看来说对了。这样的话……茶太郎在脑子里把刚才的故事联系起来。

"模藏大人擅长调制火药。火药要借助火才能发射……栗子指的是模藏大人! ……原来如此,难怪!"

茶太郎的目光看向放在围炉边上一动也没有动的柿子。这下轮到枥丸疑惑了。

"你说'难怪'是什么意思?"

"哦,之前长兵卫先生给我讲赤尻平的故事时,我就一直感到奇怪,南天丸大人和螃蟹的争执一开始是由柿子引起的。也就是说,赤尻平的柿子也只是普通的柿子。"

"普通的柿子?啊,确实和一般的柿子没什么两样。"

"但是,故事里的栗子却会自己行动,藏在围炉里找准时机突然弹出来烫伤南天丸大人,有自己的意志。柿子只是普通的水果,栗子却有自己的意志,这一点我一直不能理解。"

"哈哈哈哈,"枥丸不禁拍手大笑,"没错哦!虽然我没这么想过,不过你说的一点儿没错啊,茶太郎大人!"

尽情笑了一会儿后,枥丸说:

"那个故事是有人根据事件的原型捏造出来传到人间的。栗子和石臼怎么会自己行动呢,简直是痴人说梦哦。马蜂也只是虫子而已,更别说牛粪了!"

"这么说来,一路上只遇到了猴子,这里没有其他动物吗?"

"有倒是有,不过不在房子里和地里,而是在周围的森林里。有松鼠啊野猪啊鹿啊什么的,当然也有狸猫。"

枥丸用食指指着茶太郎说:

"赤尻平本来就是猴子一族为了统领附近的动物而建造的据点,是一个隐蔽的村子。猴子们都受到严格的规定约束哦。"

"严格的规定?"

"啊,不能违抗上面的猴子、给幼崽取的名字不能和已有的猴子重名之类的。"

"欸?……"

"君临猴子们的就是刚刚提到的猩猩翁,要说南天丸，可是猩猩翁面前的大红人呢。因为他进奉了很多贡品去拍马屁。"

枥丸动不动就对他爹直呼其名。茶太郎觉得这是恐惧的表现。

"南天丸于是尝到了甜头哦。明明有老婆还出轨其他母猴，时不时还求猩猩翁赏赐小妾。"

见茶太郎露出不耐烦的表情，枥丸赶紧道歉："抱歉，跑题了哦。"

茶太郎问：

"栗子和石臼的原型是猴子，也就是说，马蜂和牛粪也代表其他猴子吗？还有螃蟹。"

"没错，接下来要给你讲的是二股杉三兄弟的故事哦。"

枥丸又开始讲另一个故事。

四

要说二股杉三兄弟，是十年前赤尻平家喻户晓的好兄弟。长子一郎是有名的捕鱼能手。刚刚路过的赤尻川上游有一条瀑布，他能站在瀑布上面的木架上抛出鱼线去钓潭子里的鱼哦。其他猴子根本不敢去，他却在那里一天钓上来二十条，所以大家给他取了个外号——"钓鱼王子"。他还很会照顾人,爹和娘死得早,他既当爹又当妈,把两个弟弟拉扯大。

次子二郎对山上的植物了如指掌。哪种可以治喉咙痛,哪种醒酒很有效,他经常把这些知识介绍给身体不好的猴子。若是孩子受了伤,就会被带到他那里去。只要让他在伤口附近扎上一针,立马就能止痛,非常神奇。现在想想可能是麻醉药之类的吧,不过当时大家都不知道,还以为他的针上抹了什么神奇的毒药,所以大家都叫他"毒针二郎"。

小儿子三郎主要给两位哥哥帮忙,要说那家伙,可真的是笨得要命啊。有一次,他和同年的猴子跑到人类住的村子里去偷红薯——赤尻平的猴子小时候多多少少都干过这事儿,一般都是晚上去偷一点儿带回来。可能那次农夫刚好长了个心眼,他们正在刨红薯的时候突然被发现了。其他猴子都逃走了,只有三郎被红薯藤缠住腿,翻了个跟头,一下子摔进了粪坑里哦。最后好歹没有被抓住。不过因为这件事,其他猴子一直嘲笑他,给他取了个"粪坑三郎"的外号。

三兄弟就这样相亲相爱地过着日子。可是有一天,钓鱼王子一郎却死了哦。他在水潭那边钓鱼的时候和架子一起掉进了水里,找到的时候身体已经凉了。大家都说这是不幸的意外,可毒针二郎不这么认为,他仔细调查了散落的木架残骸。这一查可不得了，竟发现用来绑木架的爬山虎藤上有被刀砍过的痕迹哦。

*

"难道那也是南天丸大人……"茶太郎脱口而出。

枥丸点点头。

"钓鱼王子一郎留下足够三兄弟吃的鱼后，总会把剩下的鱼分给附近的猴子。南天丸最讨厌这种讨人喜欢的猴子了哦。"

"太过分了！"

茶太郎情不自禁地站起来，眼中含着泪水。

"枥丸大人，我不要加入你的计划了。"

"怎么了哦？"

"你爹杀死了二郎和三郎的哥哥，哥哥被杀的痛苦我再清楚不过了。如果你要杀的是他们两兄弟，那么我……"

"都说了别着急！"

枥丸重重一拳捶在围炉边缘。

"不是说了吗，我想杀的只有一只！"

"难道不是毒针二郎和粪坑三郎吗？"

"……嗯。"

尽管显得有些不情愿，不过枥丸还是明确说了。

"我本来想一会儿再说的，他们两兄弟看见岩兵杀死我爹后马上就逃离了赤尻平，就算我想杀也找不到他们了。"

"原来是这样啊。"

松了一口气的同时，一个疑问又出现了。

"为什么要逃走呢？"

"因为南天丸是猩猩翁面前的大红人，杀了南天丸可不是闹着玩的，就算只是被怀疑上都不知道会有什么下场。事实上，其他家伙也都跑了，只有一只被猩猩翁的手下抓住，被好好修理了一顿。"

"好好修理一顿"到底是多么严重的惩罚，茶太郎无法想象。

"总之，我爹被杀死那天闯进过这个房子里的家伙，就全部介绍完了。"

茶太郎让自己冷静下来，重新整理在枥丸的故事中登场的猴子相当于猿蟹合战中的谁。

"螃蟹"肯定是被南天丸杀害的钓鱼王子一郎，象征毒针的"马蜂"、象征"粪坑"的牛粪分别是谁也很快就知道了。

"接下来再一起看看事发当天我爹究竟是怎么遇害的。"枥丸说。

他仿佛故意在等茶太郎将脉络一一梳理清楚。

五

"那天,他们四只进来后立马各就各位。其中模藏和毒针二郎在设好自己负责的机关后就马上出去了。"

"机关?"

"对。"枥丸拿着火筷子来回翻动围炉上的灰。

"模藏设的毫无疑问是火药。他就像这样,挖开一个坑后把包着火药的包裹埋进去,只要一点火就会砰的一声炸开。当然,他如果想直接将我爹炸死,其实也不难,多准备点儿炸药就好了,但是要给其他三只报仇雪恨的机会,所以只是炸伤了脸哦。"

"原来是这样。"

枥丸放下火筷子站起来,快步向里面走去。茶太郎也跟了上去。

那里是厨房。灶台上已经结满了蜘蛛丝,旁边放着一口水缸。

"你把盖子打开看看。"

茶太郎按枥丸说的,将水缸的盖子拿下来。缸里的水已经浑浊不清,令人提不起一点儿想喝的欲望。

"长兵卫先生说的马蜂就是从这里飞出来的……"

"碰到盖子的时候就已经中计了哦。"

枥丸脸上浮现出落寞又残酷的笑容。

"毒针二郎在把手上装了毒针。一旦抓起把手,手立马就会被刺伤。"

茶太郎下意识地将盖子扔在地上。枥丸笑着捡起来。

"放心吧,现在已经没有毒针了哦。"

"啊,啊……好的。不过,被二郎的毒针刺伤后会怎么样?"

"首先,手指会剧痛无比,就像是被熊咬碎了,然后整只手臂会发麻,肿得像根木头。"

太可怕了……茶太郎起了一身鸡皮疙瘩。

"房子附近长着能治百病的药草,他们早就预料到我爹会从玄关冲出去哦。"

"故事里也提到了这件事,说是门口躺着一堆牛粪,难道是粪坑三郎自己躺在了门口?"

枥丸沉默地看着茶太郎,过了一会儿,摇摇头。

"那是放了一堆牛粪?"

"赤尻平没有牛。实际上放的是池塘里捞上来的蛙卵。"

那玩意儿滑溜溜的,拿在手上都觉得恶心难受,不过对于一直被称为粪坑三郎的猴子来讲,也许并没有什么大不了。

"枥丸大人的老爹脚下一滑,正四脚朝天躺在地上的时候，岩兵大人巨大的身体就压了下来。"

"没错。我爹死了，他们的计划成功了。"

枥丸眼中蒙上了一层黑色的阴影。虽说南天丸似乎是一只作恶多端的猴子，可至亲被杀的痛苦再一次涌上茶太郎的心头。

"……茶太郎大人，故事到这里就讲完了。下面到你了，你猜我要杀的是谁？"

枥丸回头看向茶太郎，似乎在努力振作。

"你让我猜也肯定猜不中的，我有几个问题。"

"当然可以问，不过现在是在考验你的智慧，你要一直问下去我可受不了。我定几个规矩吧。"

"第一，我只回答'对'或者'不对'。"

看起来不简单哪，茶太郎做好准备。枥丸继续说：

"第二，不能问'你要杀的人是不是某某'这种直接的问题。"

"哦。"

"第三，要是有答案了……哦对，刚好有这个。"

枥丸抓起茶太郎一直放在旁边没吃的柿子，塞到茶太郎手中。

"你就把这个放到我面前并且说出他的名字，这个机会只有一次哦。"

"要是没猜中呢？"

"那这次就当我什么也没说哦。我也不是谁都愿意合作的。"

六

他们再次在围炉边相对而坐。

茶太郎把手搭在胸前认真思考。屁股上奇怪的尾巴仍让他觉得痒痒的,静不下心来。不过猴子的模样他已经习惯了不少。

然而,当今天早上突然出现在寺庙中的枥丸让他变身成猿猴跟自己去一趟赤尻平的时候,他压根儿没想到枥丸会有这么一出——竟然要他猜想杀的是谁。

自己拿着计划主动过来谈合作竟然还要"测试一下智慧",真是一只任性又傲慢的猴子——茶太郎一开始是这么觉得的。不过后来他慢慢觉得,计划赶不上变化,想要选一个最合适的合作伙伴似乎也是理所当然的。而且当他对猿蟹合战故事背后不为人知的真相知道得越多,就越迫不及待地想得知事情的全貌。

"我先确认一下。"茶太郎开口,"你要杀的只有一只,对吧?"

"对。"

"你想杀他,是因为他杀了你爹,对吧?"

"对。"

"你刚刚说,有一只被猩猩翁的手下抓住、'被好好修理了一顿',你想杀的是他吗?"

"不对。"

如果"被好好修理了一顿"的意思是遭到了毒打,那可能确实不是这个家伙。因为遭到毒打的话,那家伙很可能已经没命了。

乍一看似乎很难,好好梳理一下似乎又很简单。

栗子——模藏

石臼——岩兵

马蜂——毒针二郎

牛粪——粪坑三郎

枥丸已经明确说了不是毒针二郎和粪坑三郎。也就是说,要么是模藏,要么是岩兵。这两个家伙,应该有一个是枥丸"要杀"的,另外一个则是"被好好修理了一顿"的。

"一般来讲,像是岩兵。"茶太郎喃喃自语。

"其他三只虽然也让枥丸大人的老爹吃了苦头,但致命一击是岩兵下的手。也就是说,真正痛下杀手的,其实是岩兵大人。"

"你这是问题吗?"

枥丸目光炯炯地盯着茶太郎。

"啊，不……"

"你确定我想杀的是岩兵吗？确定的话就把柿子放过来。"

枥丸敲了敲围炉的边缘。茶太郎一动不动地盯着自己眼前的柿子。只有一次机会，万一弄错了……

"等一下，再让我想一会儿。"

枥丸所说的"智慧"，可能自己真的不够……茶太郎不禁有些难过。

可要想给哥哥报仇雪恨，好像只能和这只傲慢自大的猴子合作。不管那么多了，就算没有智慧也要硬挤出智慧来！

"我习惯一想到什么就说出来，不然脑子就会像是一团糨糊。我可能要自言自语一会儿，可以吗？"

枥丸面无表情，沉默地点点头。

"再梳理一遍枥丸大人的老爹是怎么被杀的吧。他从那个门口进来坐在这里，起火后没多久，模藏埋下的火药就炸伤了老爹的脸。

"跑到厨房打开水缸的盖子时手指被毒针二郎的毒针刺伤，冲到外面准备去采药的时候踩中青蛙卵摔了个四脚朝天……

"然后岩兵大人从房檐上跳下来给出最后一击。"

一通自言自语后,枥丸闭上眼睛,似乎在呼应茶太郎。茶太郎终于意识到自己一直隐隐觉得不对劲儿的地方是什么了。

"长兵卫先生的故事里,南天丸大人遇害那天,儿子枥丸大人去了隔壁那座山上采松茸,这是真的吗?"

"对。"

"那枥丸大人是怎么知道这些经过的?而且还知道得这么详细,简直像是在现场看见了一样。你当时明明在隔壁那座山上采松茸啊!"

枥丸睁开眼睛。

茶太郎意识到,这不是一个可以用"对"或者"不对"回答的问题。

"我换一个问法吧。整个事情的经过,你是从在场四只当中的某一只那里听来的吗?"

"……对。"

这是充满痛苦的声音。茶太郎汗毛直竖。竟然把自己杀人的经过讲给受害者的儿子听……猴子这种动物实在是太可怕了。

"你想让我杀的和告诉你事情经过的是同一只吗?"

"不对。"

茶太郎继续梳理。

"告诉你事情经过的家伙就是刚刚提到的'被好好

修理了一顿'的那个家伙吗?"

这个问题不用枥丸回答茶太郎也知道,因为要么是模藏,要么是岩兵。他只是想确认一下。没想到——

"不对。"

"欸?"

枥丸出乎意料的回答令茶太郎彻底混乱了。

"等、等等。'要杀的'和'被好好修理了一顿的'不是同一个吧?"

"对。"

"'告诉你事情经过的'家伙不是你'要杀的'家伙吗?"

"对。"

"'告诉你事情经过的家伙'和'被好好修理了一顿的家伙'也不是同一个?"

"对。"

要杀的家伙、被好好修理了一顿的家伙、告诉枥丸事情经过的家伙……枥丸的意思是,这三只分别是不同的猴子。

模藏、岩兵、毒针二郎、粪坑三郎——其中毒针二郎和粪坑三郎案发后立马就逃走了不知去向,应该不属于这三个里的任何一个。剩下的就只有模藏和岩兵了……

到底怎么回事……

七

茶太郎抬头看着屋顶苦思冥想。枥丸则看着围炉里的火，无所事事地挠起了屁股。

狸猫生性随意，本来就不擅长动脑子。现在不得不做自己不擅长的事情，茶太郎脑子里一团乱麻，简直要把头上的毛都拔光了。

他再次梳理，可结果和刚刚没有任何区别。

数量对不上。茶太郎非常恼火，这一切都始于他的一个推测——告诉枥丸事情经过的是四只中的其中一只。

四只中的其中一只……

"嗯？"

听见茶太郎自言自语，眼睛一直盯着围炉的枥丸突然抬起头。

茶太郎感觉好像抓到了什么，而且那和他一开始觉得不对劲儿的那个地方也有关系。

是这样啊……

"告诉枥丸大人的是'四只中的一只'，没错吧？"

茶太郎话音刚落就得到了枥丸的回答，他简直像是一直在等这个问题。

"没错,是那天在这里的四只中的一只。"

说完,枥丸似乎意识到自己做出了'对'与"不对"以外的回答,难为情地挠了挠屁股。

"也就是说,你所指的四只不是我想的那四只。枥丸大人,这个问题你应该能回答吧——那天杀死枥丸大人老爹的四只分别是模藏、岩兵、毒针二郎和粪坑三郎吗?"

茶太郎一直没有问问题确认那四只的身份。如果茶太郎的推理没错的话……枥丸沉默了一会儿,随后放弃犹豫,开口道:

"不对。"

茶太郎恨不得大声称快。不过他决定抑制住自己的冲动,继续说:

"我知道了,牛粪错了。牛粪不是粪坑三郎吧?"

"对。"

"刚刚听你讲故事的时候我就觉得奇怪。在长兵卫先生的故事里,制订暗杀计划的是头脑聪明的牛粪,但是你刚刚却说粪坑三郎是一只呆头呆脑的猴子,给两位哥哥帮忙也总是错误百出,逃跑的时候还慌不择路,掉进了粪坑,他怎么能想出这么周密的计划?"

仔细回想枥丸说的话,他从没说过"粪坑三郎就是牛粪"。一直都只是茶太郎自说自话，提起粪坑就联想到牛粪。提到蛙卵的时候也是，枥丸只是说"实际上放的是……"，但并没有明说是谁放的。

不过注意到这点也很难说万事大吉，一个新的疑问又产生了。

在玄关处放置蛙卵使南天丸滑倒的"牛粪"究竟是谁。

"'我爹被杀死那天闯进过这个房子里的家伙们，这就全部介绍完了。'——故事结束后枥丸大人曾这么说，这句话是真的吧？"

"对。"

那么枥丸大人的故事里应该提到过牛粪。茶太郎仔细回想。

模藏、岩兵、毒针二郎、粪坑三郎——

还有其他猴子吗……好像有。他虽然记忆力不算好，不过确实有印象。

……枥丸中途好像捏了一次鼻子？

"啊！"

茶太郎猛然醒悟。

"找到了！另外一只！"

茶太郎问了一个他几乎确信无疑的问题。

"牛粪是枥丸大人的娘——莲华，对吗？"

枥丸是这么说的——"是一个矮冬瓜，闭着眼睛也很难夸她好看，还讨厌水，成天不洗澡，熏死人了。"这样的话，被比喻为牛粪也不足为奇。

"你小子真不赖……"

枥丸没有直接回答。

"我特意没有直说，还以为肯定不会被发现呢。"

"可是为什么呢？南天丸大人和莲华夫人不是夫妻吗？为什么牛粪——莲华夫人会主动制订对南天丸大人的谋杀计划呢？"

"我只会回答'对'或者'不对'。"

"啊，对哦。"

茶太郎继续思考。妻子谋杀丈夫的理由……他想起南天丸讨好猩猩翁的事情，似乎联想到了什么。

"你刚刚是不是说南天丸曾向猩猩翁请求，要猩猩翁赏他小妾？"

"对。"

"莲华夫人对这件事有怨言，这就是动机。"

"对。"

"把整件事情的经过告诉枥丸大人的也是莲华夫人，而且是在南天丸大人死后。"

"对。"

茶太郎抓起柿子。

自己将要杀死的，是南天丸遇害案的主谋，南天丸的妻子，枥丸的母亲——莲华。确实，枥丸应该对她恨之入骨吧。茶太郎把柿子拿在手上，看向枥丸。枥丸眼神冰冷，似乎在刻意压抑自己的情绪。

"可是枥丸大人，你真的要这么做吗？杀死自己的亲娘。"

其实茶太郎很不理解。被自己的丈夫背叛，莲华才是应该得到同情的一方，不是吗？应该被谴责的难道不应该是不仅好色还超过恶作剧范畴四处伤害其他猴子的南天丸吗？即使这些事实摆在眼前，枥丸还要给父亲报仇吗？

"无法回答。"枥丸说。

杀死自己的杀父仇人——自己的亲娘。如此复杂的情绪茶太郎无法感同身受，枥丸本人似乎也很纠结。所有纠结最后都化为一句——"无法回答。"

"嗯？"

茶太郎意识到自己犯了一个大错。

"不对呀！"

他把手中的柿子放回到围炉边缘。

"'告诉你事情经过的'是莲华夫人，'要杀的'是另外一只！"

好险，好险。确定牛粪是谁就以为自己找到了全部真相，差点儿忘了真正的目的。

现在不过是重新确定了与案子有关的四只是模藏、岩兵、毒针二郎和莲华。

也就是说——茶太郎陷入绝望之中——枥丸"要杀的"那个到底是模藏还是岩兵，这个问题依旧没有解决。

茶太郎再次把手撑在背后，抬头看着屋顶。感觉好累啊。

这次沉默持续了很久。

远方隐约传来乌鸦的叫声。枥丸一个劲儿地挠着屁股。

八

"枥丸大人真是太可怜了。"

茶太郎突然的一句话让枥丸愣了愣。

"为什么？"

"杀父仇人竟然是自己的亲娘。"

漫长的沉默中，茶太郎想起了自己快乐的童年。

"我家有五个兄弟，虽然经常没吃的，饿肚子，但是爹和娘都很照顾我们，家里总是充满了欢声笑语。被杀的哥哥也是在俺爹中圈套被人炖了汤以后才变坏的，之前一直非常善良。"

说到这里，茶太郎不禁泪眼婆娑。

"一家人最重要的就是要相亲相爱。可你家竟然……"

"我们家以前也差不多。"枥丸开口。

"冬天没有吃的，俺爹和俺娘就一起到雪地里挖吃的，把看上去能吃的树根什么的都扯下来带回家。说真的，难吃死了哦，可还是很感激。"

想到南天丸和莲华也有过这样一段时光，茶太郎更加难受了。可另一方面，他又隐约觉得哪里不对劲儿。

"枥丸大人，你刚刚说的是不是'俺娘'？"

"怎么了？"

"你之前说的一直都是'莲华'。虽然是你娘，但听上去就像是外人……"

说到这里，茶太郎如梦初醒。枥丸说过莲华是自己的亲娘吗？第一次提起莲华的时候，枥丸说的好像是"他老婆莲华"。"他"指的是南天丸。

"枥丸大人，我继续问了哟。莲华是你的亲娘吗？"

枥丸一副大事不好的表情：

"不对。"

他说。

南天丸应该有一个猩猩翁赏赐的小妾。如果莲华是正房的话，枥丸就是小妾的儿子。至少在枥丸面前，南天丸是一个无可挑剔的父亲。于是他痛恨杀死南天丸的莲华……

"嗯？"

茶太郎又发现了一个问题。

不会吧？

"枥丸大人在提起你爹的时候,有的时候直接叫'南天丸',有的时候叫'爹',对吧。"

"这是个问题吗？"

"不是。那我这么问吧,你爹是南天丸吗？"

"……不对。"

枥丸尴尬地挠着屁股回答。茶太郎恨不得一蹦三尺高。

枥丸不是南天丸的孩子！他在故事里一直巧妙地把"南天丸"和"爹"分开。

真相马上就要水落石出了,茶太郎浑身战栗,差一点儿就原形毕露,变回狸猫了。

"我继续问了哟。你是枥丸吗？"

"啊……对。"

料定对方一定会回答"不对"的茶太郎又摸不着头脑了。枥丸是南天丸的儿子,这在猿蟹合战的故事里也交代过。赤尻平的猴子有一条严格的规定,给刚出生的猴子取的名字不能和其他猴子一样。应该不会同时有两只猴子都叫枥丸才对。

茶太郎回忆起他们走进这间房子前的一件事。

——哟，枥丸。

前面走来的一只老猴子看见枥丸后招呼道。也就是说，眼前这只猴子是枥丸，这件事已经得到了第三者的确认。

究竟怎么回事？这只猴子明明不是南天丸的孩子，又怎么会叫枥丸呢？

屁股那一块痒得不行。已经变成猴子多久了？这么细的尾巴，用人类的姿势坐不了多久就累了，还不自在。好想变回狸猫的样子啊，像一摊烂泥一样睡一会儿，让脑子清醒清醒。

围炉对面的枥丸也翘起屁股，不停地挠着。

"啊……欸？"

看见枥丸这个样子，茶太郎又有了新的灵感。他今天已经灵光乍现很多次了。

眼前的会不会只是"变成猴子枥丸的某某"，而不是真正的"猴子枥丸"……

"枥丸大人，其实你不是猴子，对吗？"

枥丸停止挠屁股。

"对。"

坐下来尾巴不舒服，这一点和茶太郎一样。

"你和我一样，是狸猫吧？"

"对。"

"你是狸猫，但是名字叫'枥丸'，对吧？"

"对。"

赤尻平的猴子有严格规定，取名的时候不能和其他猴子重名——但是没有听说这个规定对其他动物适用。他说过，赤尻平有鹿、野猪、松鼠，还有狸猫。

说起来，他笑起来的样子感觉很亲切。

而且他的变身术也太好了吧？每天在人类面前表演，茶太郎对变身术颇有体会。被其他狸猫这么骗，这还是第一次。

……不，现在不是感叹的时候。眼前的枥丸是狸猫的话，那么枥丸的"爹"也理所当然是狸猫。眼前的世界像是翻了个跟头。

"那天来到这间房子里的四只，模藏、岩兵、毒针三郎、莲华杀了你爹，也就是狸猫，对吗？"

"对。"

"他们四只跟你爹有仇？"

"不对……"

枥丸的声音在颤抖，茶太郎能明显感觉到他的痛恨与愤怒。他感觉心脏像是被揪住了。可他不能停，直到残酷的真相水落石出。

"那四只以为自己杀了南天丸。"

"对。"

"你爹变成南天丸的样子进了这间房子。"

"对。"

"那四只把他当成南天丸杀了。"

"对！"

枥丸一拳砸在围炉边上。

"你爹被南天丸欺骗，成了他的替罪羊，对吗？"

"……对。"

一滴眼泪滴入炉灰中。

九

"真正的猴子枥丸现在正在很远的咚咚山上采杨梅哦。"

枥丸擦干眼泪再次开口时，太阳已经快落山了。

"刚刚的老猴子也这么说。"

"他要在那里住一晚，今天不会回来了哦，我们能慢慢讲。你愿意听我讲吗？茶太郎大人。"

围炉中的火发出噼里啪啦的声响。茶太郎看着火光下枥丸的脸，回答："嗯。"

"南天丸实在太可恶了。"枥丸说。

"仗着猩猩翁喜欢他，到处为非作歹却从来不会受到惩罚。他献给猩猩翁的贡品也是从其他赤尻平的猴子那里偷来的。莲华以前也是只毛发漂亮的猴子，自从有一次被南天丸推到河里后就变得怕水，然后不洗澡了。南天丸因此嫌她臭、疏远她，还娶了其他年轻的母猴……我们狸猫虽然尽量不和猴子扯上关系，但多多少少听过南天丸的恶行。"

据说，这个恶贯满盈的南天丸有一次主动接近枥丸的父亲——枥之介。

"这么大的鳟鱼，他提了十条过来，笑嘻嘻地说'听说你家也有一个叫枥丸的儿子？'，还说什么'这是友好的表示'哦。俺爹非常谨慎，让他赶紧回去，可是躲在背后的我实在太想吃鳟鱼了。当时我们已经连续三天什么东西都没吃了。"

南天丸这个时候提着鳟鱼过来，就是瞅准了枥丸会受不了。枥之介终于妥协了。自那以后，南天丸隔三岔五就带着礼物来枥丸他们生活的洞穴。有时还带来不能爬树的狸猫永远也不可能得到的新鲜水果。时间慢慢过去，枥之介的心也渐渐打开。

"我爹在赤尻平也是数一数二的变身高手哦。有一次南天丸问：'你能变成我吗？'变成猴子对于我爹来说就是小菜一碟。他咕噜转一圈就变成了南天丸的样子。看着我爹变身后不论长相还是身材都和自己一模一样,南天丸高兴极了。我当时也觉得非常骄傲……"

南天丸把枥之介带走,是在第二天的傍晚。他说有个事情需要枥之介帮忙。总是收到南天丸的礼物,枥之介没好意思拒绝,于是跟着南天丸出门了。那是枥丸最后一次见到父亲。

"走的时候说马上就回来,没想到到了半夜还没有回来。我不顾娘亲的阻止,去了猴子们住的聚落。到那里时已经半夜了,可猴子们都在外面小声地议论纷纷。猴子的戒备心非常强,于是我变成猴子的样子向一只母猴打听发生了什么事。"

南天丸大人被杀死了哟。平时作恶多端,也难怪会被人家杀死——母猴似乎是这么说的。

"我问她知不知道和南天丸一起的名叫枥之介的狸猫在哪里,可她只是摇摇头。不仅如此,她还劝我赶紧回家,说是猩猩翁的手下们正在追捕杀死南天丸的猴子们,小心被他们误会。我顿时觉得大事不好,于是赶紧向她打听南天丸家在哪里。到了之后马上就看到门口有一摊血迹,上面粘着硬硬的毛发。仔细一看,那不是猴子的毛……是狸猫的哦!"

似乎是想起了当时的场景,枥丸再次擦起了眼泪。

"我不顾一切地在山里到处找,后来终于遇到一只脏兮兮的母猴在拼命挖坑。她身上发出一股说也说不清的臭味,见到我以后吓了一跳。我走过去,发现那个坑旁边躺着的……正是翻着白眼、一动不动的老爹呀!"

变回狸猫的枥丸立即扑到父亲身上试图摇醒他,可是父亲的身体已经凉了。意识到死去的狸猫与枥丸的关系后,那只臭烘烘的母猴——莲华泪流满面地坦白了事情的经过。

据她交代,她集结了对丈夫心存怨恨的人,并且一手制订了所有计划。事发当天,她使唤猴子枥丸去很远的山上采松茸,趁家里没人的时候把南天丸叫回来。

"莲华立马向我道歉。模藏和毒针二郎设置好机关后马上就离开了,她和岩兵也都没有注意到回来的南天丸是狸猫变的。一肚子坏水的南天丸早就注意到莲华他们在密谋杀死自己,于是找了个替身代替自己,让赤尻平的所有猴子都以为'南天丸死了',自己则销声匿迹。……可是他千算万算没有算到,变身后的狸猫死了以后会变回原来的样子哦。岩兵以为自己砸死的是南天丸,事发后马上就离开了现场,但是莲华没有马上走,她发现倒在血泊里的是狸猫以后,立马就意识到了南天丸的所有计划。"

良心备受谴责的莲华当即将死掉的狸猫扛进山里吊唁,正在挖坑的时候狸猫的儿子枥丸来了。

"我原谅了莲华,并发誓要找南天丸报仇。不久之后就传来消息说,猩猩翁的手下抓到岩兵狠狠教训了一顿。听说他好歹保住了一条命,但手和脚都被打折了,根本无法行动。杀死有猩猩翁做保护伞的猴子会吃到什么样的苦头,大家都见识到了哦。"

"但你还是要复仇。"

"当然了!我到处打听南天丸的下落。可那家伙彻底没了消息,就像是真的死了一样。不仅如此,不知道什么时候南天丸案竟然还被改编成了一个叫什么猿蟹合战的传说传到了人类的耳朵里。"

说不定是南天丸自己搞的鬼,编成一个滑稽可笑的故事到处传播。枥丸用唾弃的语气继续说:

"那家伙卑鄙又狡猾。虽然我坚信他还活着,可十年过去了,连我也开始怀疑,南天丸会不会真的已经死了……"

"可南天丸还活着?"

"对。"枥丸说。

那是至今为止最为阴沉,又充满怨恨的"对"。

"就在上个月,我练习变身术变成木桩时,一群像是从猩猩翁的宅邸做完客回来的猴子走了过来,坐在我身上开始聊天。一只是瘦瘦的高个子,上半张脸红通通的像是烂了一样,手上拿着一支装腔作势的烟枪。另外一只又矮又胖,额头上的毛雪白雪白的。'猿六啊,最近大家对南天丸很不满啊。'听见白毛这么说,我几乎汗毛直竖。要不是当时变成了一根木桩,我肯定叫出声了哦。

"'没办法呀,那家伙可是猩猩翁面前的大红人哪。'烟枪说。'可是……那家伙会不会太过分了?迟早要吃苦头的哦。'白毛的声音充满怨气。"

枥丸从他们的话里得知,南天丸在大家眼中消失后竟然在猩猩翁的宅邸里过着锦衣玉食的生活。真是老天有眼!还没从树桩变回来的枥丸想。

猩猩翁的宅邸戒备森严,出入都需要接受严格的询问。好在狸猫会变身,变成吃的混进送入宅邸的食物中就可以轻易接近南天丸了。

"可是……这个办法行不通。就算杀了南天丸,一旦发现不是手下猴子们下的手,最先遭到怀疑的就是狸猫。宅子里的猴子们肯定都知道南天丸曾经的所作所为,也知道他拿枥之介当替死鬼的事情。这样的话,他们第一个怀疑的就是枥之介的儿子——我。"

"所以你制订了这次的计划,对吗?"

枥丸不再回答,只是用力点点头,随后看着茶太郎的眼睛，长长叹了一口气。

"谢谢你听我说这些，茶太郎大人。像是在肚子里烂了好多年的负面情绪一口气吐出来了。"

"嗯。"

"说实话，我现在感觉有点儿……迷茫哦。"

"迷茫？"

"嗯，我一开始是听说你变身术很厉害才接近你的，但是今天听你说完我知道了。你不仅有智慧，还很善良。有了茶太郎大人的变身术，要进入猩猩翁的宅邸根本不成问题，但里面到处都是可怕的保镖。一旦暴露自己狸猫的身份很可能会被杀死，我不能眼睁睁看着你这么好的狸猫一步步……"

"枥丸大人，你别说了。"

茶太郎拿起围炉边缘的柿子咻地站起来，绕过围炉走到枥丸身边。

"我没什么智慧，也不敢说自己有多善良，但是多少有一点儿勇气。为了枥丸大人，我死不足惜！"

说完将柿子放到枥丸面前。

"我要杀的，是南天丸！"

"茶太郎大人……"

枥丸盯着茶太郎的脸，慢慢站起来。他的眼中充满笃定。

"没错！你要杀的是南天丸，我要杀的是兔子勘太！"

枥丸伸出手。

"交换犯罪！加油！"

"嗯！"

茶太郎紧紧握住枥丸的手。

看来猴子的样子也不是毫无用处，至少可以握手。虽是起源于仇恨与杀意的一次合作，但毫无疑问，那也是一种羁绊。

——夜啊，为狸猫们祈祷吧。

猿六与文福
交换犯罪

一

嗯？

怎么了孩子？睡不着吗？

……故事啊，嗯……那就……那是很久以前，在一个叫斜贯的村子里……哦，从月亮来的侦探的故事已经讲过了呀。那就……很久很久以前，在人类的村子里有一个名叫惣七的老人……嗯？是吗？一次又一次掉进老鼠洞里的贪婪老头的故事也讲过了吗？猿蟹合战前不久也讲过了吧？

……没错，那是一只名叫南天丸的猴子编造的。

啊，南天丸被杀的故事讲过了吗？没有？不过这和之前的故事有点儿不一样，是我亲身经历过的故事，想听吗？……哈哈，想听啊？

很久很久以前——其实也就是差不多三十年前的

事情。当时我正在钻研猿医学,也就是给猴子看伤治病的学问。为了给猴子们治病,我到各地旅行。路上遇到了一只叫猿六的猴子。猿六瘦骨嶙峋,听说以前受过大伤,所以上半张脸总是红通通的,像是烂了一样。他说起话来土里土气的,让人觉得很亲近,但总是瞪着一双大眼睛四处观察。他实在太聪明了,其他猴子在想什么他全都了如指掌。不知道为什么,我和这个猿六感觉意气相投,于是一起结伴旅行。

大概半年后,我们来到了赤尻平,那是夏天快要结束的时候。在猿蟹合战的故事里提到过的猩猩翁的宅子里,当时发生了一起小事件,猿六凭借敏锐的观察力很快就解决了。他也因此得到了猩猩翁的赏识。猩猩翁让他留在宅子里和自己还有其他手下住在一起,当然,还有我。

之前也说过,赤尻平是猴子们为了支配森林里的其他动物而建造的隐秘村落。里面有猴子们生活的聚落,周围还有熊啊鹿啊,以及狸猫生活的森林。

猩猩翁的宅邸建在北边的高台上,能俯瞰整个聚落。从聚落到这座宅邸只有一条小路。沿着这条路上去,就能看到被黑色高墙团团围住的宅子。白天的时候,虽然门开着,但是除猴子以外的动物全部禁止入内,一旦发现要么被赶出去,要么被当场打个半死。

宅子后面是任谁也爬不上来的悬崖峭壁（见猩猩翁宅邸平面图）。宅子里有猩猩翁住的主屋，东边是得到猩猩翁认可的十五只家臣住的长屋，西边是仓库，中间围着的是中庭。哦，还有一个地方可不能忘了，主屋和悬崖之间有一片藻泥沼泽。这片沼泽里有很多恶心的淤泥，看上去一块绿一块白的……嗯，先不讲沼泽中央那个小岛，我们先来讲讲猿酒祭第二天早上的事吧。

猩猩翁宅邸平面图

（图：悬崖峭壁、栎树、南天丸的小屋、小船、藻泥沼泽、主屋、麻栎池、西侧仓库、中庭、东侧长屋、森林、大门、通往赤尻平）

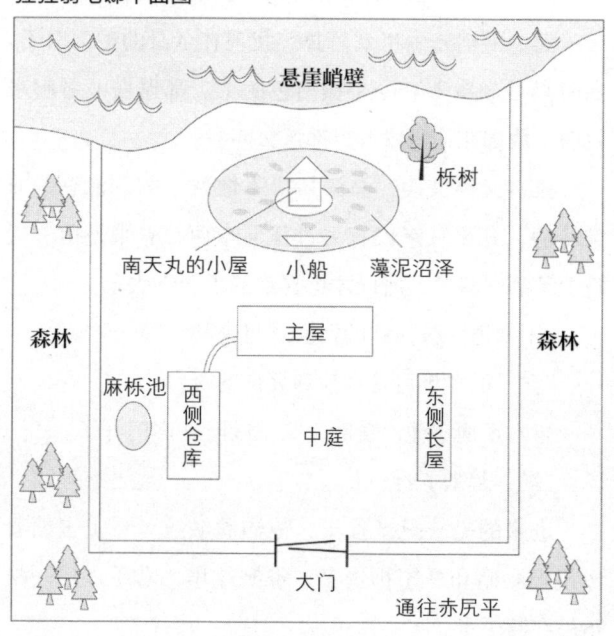

每年秋天满月的那个晚上，猩猩翁宅邸都会举办名为猿酒祭的庆典。那天晚上大家会聚到一起彻夜不停地喝当年新酿的猿酒……简单来讲就是个宴会。我和猿六也收到了邀请。那是个美妙的夜晚，风轻轻吹动芒草，远处传来隆隆的太鼓声，奈何我和猿六酒量都不好，月亮刚爬过头顶的时候我俩就偷偷溜走了，回到我们住的长屋"二二一·乙"房间睡大觉了。

"喂，阿棉先生，有没有见到我的手套？"

第二天早上，吃完送来的早饭后，猿六问道。……啊，阿棉先生也就是我。我现在全身的毛都白了，当时只是额头上有一小撮白色的毛。那撮白毛看起来就像一块棉花，所以大家都这么叫我。

猿六又高又瘦，鼻梁高得不像猴子的。他总是非常冷静，几乎从来没有丢过任何东西。看来是前一天晚上猿酒喝多了，所以才把喜欢的手套弄丢了。

"不知道，被捡到的话会送过来吧？"

"猴子的世界可是谁捡到算谁的呀。"

猿六正痛心地说着呢，突然吱呀一声门开了。

"哟，起来了呀。"

进来的是一只老猴子，他满脸皱纹，看上去简直像是把眼睛和鼻子扔进了一堆皱纹里，右手还用一块布吊在脖子上。

"嘿，这不是麦阿爷吗？听说你们一直喝到天亮，这不还挺精神的吗？"

"那是当然，猿酒我可太喜欢了。不过年轻的都喝趴下了。"

麦阿爷哈哈大笑。麦阿爷三天前给长屋修屋顶的时候不小心摔下来，右手骨折了，那块布是我给他挂上去的。

"猿六，我接着给你讲昨天没讲完的那个吧。"麦阿爷说。

"嗯……是什么故事来着？"

"立林的咔嚓咔嚓山的故事。"

麦阿爷热衷于听人类或者是山里其他动物的故事，然后讲给他的朋友们听。但是宅子里的其他猴子已经不爱听他讲故事了，根本不理会他。南天丸之类的猴子更是一听到他讲故事就不耐烦："你可真是话又长，嘴巴又臭，快用这个把嘴巴堵上。"说着便将手里没吃完的水果扔过来。正因如此，我们这些什么故事都听的客人就成了麦阿爷绝佳的聊天对象。

麦阿爷这天讲的是一只名叫勘太的兔子的故事。勘太住在距离赤尻平五里地远的一个名叫立林的人类聚落。

那里有一只叫茶茶丸的喜欢恶作剧的狸猫。那只狸猫因为一次失手，杀了一个上了年纪的人。孩儿呀，我和你也说了很多次，对吧？人类可是这个世界上最可怕的生物。他们仗着自己手巧，做出各种稀奇古怪的工具，胡乱杀死山里的动物。神明大人怎么造出了那么残忍丑陋的生物？真是不明白。

兔子勘太似乎和人类的关系非常好。听说，他要给被杀的雌性人类报仇，于是把狸猫茶茶丸约去一起捡柴火。找到很多柴以后，他全都让茶茶丸来背，自己则跟在后面掏出了打火石。

茶茶丸问他："这'咔嚓咔嚓'的声音是什么？"勘太则胡乱回答说："这里是咔嚓咔嚓山，所以能听到咔嚓咔嚓的声音。"说完就点燃了柴火。茶茶丸的背都被烧焦了。

第二天，勘太拿着撒了辣椒的味噌酱交给茶茶丸，骗他说这是治疗烧伤的药。不知道自己烧伤就是拜勘太所赐的茶茶丸完全被骗了，疼得满地打滚。

勘太的行动并没有到此为止。茶茶丸的烧伤快好的时候，他约茶茶丸一起去钓鱼。他在湖面上准备了两艘船，老实的茶茶丸上了勘太指给他的那一艘。他没想到的是，那艘船是勘太用泥巴捏的，刚划走就开始分崩离析。狸猫不会游泳，据说茶茶丸就这样被淹死了。

"欸？这只兔子可真够过分的。"

不知什么时候，猿六已经叼起了让他自鸣得意的烟枪，一边吞云吐雾一边回应麦阿爷。

"茶茶丸是不是杀了一个人？"

"嗯，人类实在太多了，到处乌泱泱的，杀一两个根本不算什么。可是立林是人类的地盘，所以错全在茶茶丸，勘太则是英雄。真是不可理喻。"

麦阿爷摇摇头，露出一副无法忍受的样子。在一边听着的我当然也对袒护人类的勘太感到愤怒，但我发现一件更加令我在意的事情——猿六烟枪里冒出来的紫烟的味道。

"猿六，你小子又在吸蜈蚣草吗？"

猿六嘿嘿一笑。他笑而不答的表现说明了一切。

"日子太清闲了，不吸两口，脑子简直要烂掉了。"

爸爸告诫过你，你也应该知道，把蜈蚣草切碎，点上火吸，会有一股往温泉里倒入铁锈混合后的奇妙香味从嘴巴进到鼻子再扩散到肺部，脑子感觉格外清爽。多吸几口则会眼冒金星、飘飘欲仙，根本停不下来，但是吸多了五脏六腑都会烂掉，所以你绝对不要沾上那玩意儿。

"猿六，你吸多了，以后有你后悔的。"我劝他。

"那我可就要说了，阿棉先生。"猿六把烟枪从嘴里拔出来，"从麻栎池里捞鲫鱼上来饱餐一顿就很好吗？"

我无言以对。因为那天早上天刚蒙蒙亮的时候，我偷偷溜出房间去了西边仓库后的麻栎池。猩猩翁养的鲫鱼在池子里成群结队地游来游去。听说猩猩翁养鱼主要是出于兴趣，不是为了吃，可我太爱吃鱼了，从见到池子的第一刻起就一直想尝尝。

"你小子，我还以为你睡得很香呢，原来你是装睡啊。"

猿六拿着烟枪，哧哧地笑了。

"我是睡得很香啊。"

"你怎么知道？"

"我推理的呗，你腿上还粘着苍耳的种子呢。"

我看了一眼腿，确实粘着一颗。

"睡的时候还没有呢，宅子里长苍耳的地方只有西边的仓库附近。俺刚刚去门口瞧了瞧，晾着的手绢是湿的，还有水草的腥味，明显是有谁从麻栎池里上来后用手绢擦手了。"

"可你怎么知道我吃了鱼呢？我可能只是去散步，然后顺便进了池子。"

"你说啥呢？哪次吃饭你不是吃得干干净净的，今天竟然剩了一些，肯定是肚子里有料哇。"

我看着碗里的剩饭感到脸颊发热。还以为没人知道呢，没想到全都被这位友人一眼识破了。

"你这都是小儿科呀，阿棉先生。"

"哈哈，你小子真厉害啊。"

看着美美吸上一口蜈蚣草后吞云吐雾的猿六，麦阿爷也忍不住夸赞：

"就像个侦探。"

"别吹捧我了，麦阿爷。侦探可是月球上的辉夜姬教给人类的。我一来不是人，二来不是什么侦探，不过是受不了眼前有谜罢了。"

"不好啦！猿六先生！阿棉先生！"

这时，头顶上长了一撮呆毛的小猴子冲了进来。那是猩猩翁宅邸的炊事猴——猿作。猿作还是个孩子，所以在宴会上没喝酒，一直勤勤恳恳地伺候大家。

"南、南、南……"

猿作面红耳赤，完全说不出话来。啪！我重重地拍了一下他的背。

"别急，发生什么了？"

"南天丸先生死了！"

我马上看向猿六。麦阿爷目瞪口呆，他身边的猿六已经站起来了。他啪啪两下掸落蜈蚣草的灰。

二

南天丸的故事之前也讲过。

他本来是住在宅子外的一般的猴子，因为频繁给猩猩翁进贡好吃的蔬菜、水果和珍贵器物而得到器重。他进贡的很多东西都是从外面的猴子或者其他动物那里骗来的，而且他嫉妒心极强，因为对其他猴子作恶多端而被记恨，差点儿被杀了。

但是这个南天丸啊，几只猴子的坏心眼加起来都没他的多。他竟然将计就计，让一只狸猫变成自己的样子成了替死鬼。

自那以后，他就在宅子中猩猩翁安排的一间偏远小屋里闭门不出，还四处散播自己已经死了的流言。当然，住在宅子里的猴子都知道南天丸还活着，但是碍于猩猩翁保护南天丸的命令，他们一直严守这个秘密没有散播出去。

南天丸的小屋位于藻泥沼泽中央的小岛上。沼泽里有一种叫尸泥藻泥的奇妙的泥，散发出一种熊粪和桃花混合后的独特的臭味，而且黏性极强。我们猴子游泳绝对不差，可一旦身上沾上这种尸泥藻泥，就算是鱼也根本游不动。而且据说那个沼泽深不见底，一旦掉进去不可能出来。据麦阿爷所说，经常能看到想在上面落脚休息的水鸟一步步被吞进泥里。也就是说,南天丸相当于受到了天险的保护。

我们跟随猿作来到沼泽时,宅子里的猴子们已经聚在那里了,不过显然昨天晚上的酒还没有醒,一只只看上去都精疲力竭的。

"啊,快看!"

顺着猿作手指的方向望去,只见小岛附近漂着一艘小船,一只猴子从船上探出上半身。他的头浸泡在尸泥藻泥中。那样根本无法呼吸,我想。

南天丸每天早上都会坐那艘小船过来找猿作领取当天的早饭。但是今天一直没来,猿作一开始以为是他昨晚喝多了,早上不想吃早饭。不过他还是决定到岸边看一看,结果一到岸边就发现了不对劲儿。

"喂,喂,南天丸啊,南天丸……"

身上披着长长的纯白的毛发,嘴里露出尖锐獠牙的猴子——猩猩翁的威严顿时没有了,不停地在池子边上心神不定地走来走去。

"船来啦!"

一只体形硕大、长着绿毛的猴子把船顶在头上走了过来。他叫青苔,是宅子里的保镖。他搬来的船是备用船,平时一直挂在西边仓库的屋顶上。

"快,去小岛那边。"

"等等！"

青苔正准备把船放进沼泽里，却被猿六拦住了去路。他让青苔把船放到岸边，仔细观察。

"猿六，你这是干吗？"猩猩翁问。

"我在看上面有没有沾上尸泥藻泥。除了一直在用的那艘船和这艘，没有其他办法能上岛了，是吗？"

"没错，宅子里只有这两艘船。"

"你在这儿啰啰唆唆什么？"

青苔伸出大拳头顶开猿六，呼出的气息中满是酒气。他似乎很不喜欢我们这些外面来的猴子。

"这是必要的。我和阿棉先生先过去，没问题吧？"

"等等！我也去！"

在赤尻平，猩猩翁说的话就是绝对命令。猿六也只好同意："好的。"于是我们三只登上船，我和猿六一人划一支桨向小岛划去。

跳到南天丸的小船上后，我和猿六合力把他的身体捞上来。南天丸的脸终于从尸泥藻泥中露出来了。

"哎呀呀！我的南天丸啊！"

猩猩翁喊道，他看上去眼泪都要掉下来了。

"稍微安静点儿，猩猩翁。集中不了注意力了。阿棉先生你觉得怎么样？南天丸是怎么死的？"

"看样子像是喝醉了酒，一头栽进了泥里……等等，猿六，有什么东西能拿来擦一擦吗？"

猿六打开小屋的门，进去，很快就拿了三条手巾出来。我接过手巾，把南天丸的头到肩膀那一片擦干净。擦完后，我的手上也沾满了尸泥藻泥。

"猿六，南天丸的脖子上有勒痕，他是被勒死的。"

"什么？！"

猩猩翁先做出了反应。

"是谁？到底是谁干的？！看我不一口咬断他的脖子！"

"先冷静。"

猿六安抚露出尖锐獠牙的猩猩翁。我很快发现了一个疑点。

"猿六，好奇怪啊。南天丸不是凌晨猿酒祭结束后马上就回小屋了吗？要是有谁和他一起过来杀死他以后再回去的话，小船不可能在这边啊。"

"对啊。西边仓库的那艘船，我们用之前没有沾上尸泥藻泥，说明没被用过。而且俺刚才瞅了一眼，除了南天丸，所有猴子都在岸边。"

"那究竟是怎么过来的？"

"不晓得。"猿六看上去有点儿兴奋，"有了谜题就得解喽，总之先看看屋里吧。"

我们三个一起走进小屋。不知道是不是南天丸的爱好，里面密密麻麻摆满了人类用的道具。一个用木头做的动物摆件引起了我的注意。那是个大耳朵、长鼻子的摆件，鼻子上的容器里盛着什么黑色的粉末。

"猩猩翁，这是啥啊？"

猿六问猩猩翁，他似乎也注意到了。

"这叫'大象'，听说是住在天竺一带的巨大的动物，之前一只云游的猴子带过来的，后来到了南天丸手里。"

"嘿嘿，可真稀奇。这个呢？"

"那个叫望远镜，好像能看到很远的地方。"

"哦！这个俺听说过。可咋没看到玻璃嘞？"

"那是坏的。坏了的玩意儿南天丸也总是好好留着，毕竟很稀奇。他尤其喜欢茶具，昨天上午还有一只云游的猴子来了，南天丸从他那儿得到了这个金光闪闪的茶具。"

确实，"大象"脚下还整齐地摆放着金光闪闪的长柄勺、茶刷、茶叶筒、水壶，还有茶碗。

猩猩翁说，头一天猿作通报外面来了一只云游的猴子，对方手里有人类不要的金光闪闪的茶具，问他们愿不愿意用翡翠交换。猩猩翁对茶具提不起任何兴趣，但是想起南天丸喜欢这玩意儿，于是又让已经退下的云游猴子回来。结果不出所料，南天丸非常喜欢，猩猩翁就用翡翠换给了他。

"南天丸高兴坏了，当即就把茶具搬回了自己的小屋，昨天见到还感谢我来着。啊呀！到底是谁下的狠手哇！"

"都说了别激动哦！还是我和阿棉先生调查吧，要不你先回去？"

猿六保证自己绝对会找到凶手，猩猩翁这才同意先回去："那我把南天丸埋了哦。"说完便打算坐南天丸每天使用的小船回去了。

猩猩翁走出小屋，乘上南天丸躺着的小船。

"欸？"猩猩翁突然发出奇怪的声音。

"好奇怪哦，这支桨怎么没有沾上泥？"

我和猿六一起向小船走去。

正如他所说，两支船桨，一支沾上了泥，另一支却干干净净。

"没什么奇怪的吧？可能是南天丸划船的时候只用了一支桨，另一支备用。"我说。

"是吗？两支一起划明明更快哦。"

猩猩翁两支桨一起划，很快就离开了小岛。我回过头来，发现猿六已经绕到了小屋东侧，一动不动地看着对岸。岸边长着一棵枝叶茂盛的栎树。

"阿棉先生，要是从那棵栎树上拉根绳子，是不是三下五除二就过来了？西边的仓库里有一大堆从人类那里偷来的绳子呢。"

猿六说得没错,有的绳子还很长,但我有一个疑问。

"怎么拉呢?用套索吗?岛上没有地方能套住哇。"

"而且谁能有那臂力呀!青苔倒不好说。"

"是他干的吗?"

"不知道哇。"

话音落下后猿六再次走进小屋。我也在小屋里到处查看,可啥也没发现。猿六在小窗那边摆弄着什么,他的手边闪过一束亮光。

"你干吗呢?"

"啊,俺瞧瞧能不能从这个窗户进来。"

你在胡说啥呢?我想。

"怎么看也不像是猴子能进来的大小哇,而且就算进来了又怎么样?门都没锁呢。"

关键问题是怎么上的岛,不是怎么进的小屋。也不知道猿六有没有明白我什么意思,他回头看了一眼小窗下放着的大象摆件,得意地笑了。

"真是神奇啊,阿棉先生。"

"什么?"

"那个茶具。你觉得呢?"

"我觉得?……很好看啊,金光闪闪的。"

唉……猿六叹了一口气。

"阿棉先生啊，我就说你嘛，不要光看，要观察。"

我耸了耸肩，也不知道他啥意思。猿六把玩着烟枪，说："算了算了。"

"回岸上去吧，去找猿作。"

"猿作？找他干啥？"

"狸猫住的地方，让他带我们去。"

为什么要找狸猫？我不明就里，不过还是跟猿六一起上船，离开了小岛。桨插进黏糊糊的尸泥藻泥中，寸步难行。我们正哼哧哼哧划着呢，突然轰的一声，背后传来巨大的冲击波。

回头后的恐惧，我至今记忆犹新。

小屋爆炸了，燃烧起熊熊大火。

三

猿作沿着流经赤尻平中央的小河匆匆赶路，猿六和我跟在他后面。目的地是狸猫们住的地方，可猿六为什么要去见狸猫？我完全摸不着头脑。猿六走在路上依旧一口接一口地喷着紫色的烟，不过我已经不再责备他，因为有其他事情更加让我耿耿于怀。

"猿六啊，为啥呀？为啥小屋会爆炸啊？"

"俺也不知道。"猿六表现出难以置信的平静,"青苔会去查清楚吧。"

突然的爆炸把猩猩翁和其他猴子也吓了一跳,青苔带着其他猴子,不顾宿醉头痛,立即展开了调查。

"喂,猿作,今天早上你冲进房间找我们的时候我就一直很奇怪,你之前戴过那双手套吗?"

"之前捡的,收拾房间的时候突然找到了,所以今早开始一直戴着。"

"是吗?不会是俺的吧?"

"我的手戴上去正好合适,猿六先生戴应该太小……"

"对哦。我的好像昨天晚上弄丢了,要是你找到了能给俺带过来吗?"

"好。"

猿作回答。

"猿六啊。"我依旧是一头雾水,于是再次插嘴,"我完全不知道你在想啥,为什么要去狸猫们住的地方?"

"刚刚那些茶具,你想想,有什么?"

"长柄勺、茶刷、茶叶筒、水壶还有茶碗。"

"有个东西缺啦。"

"缺啦?……"

我想到一个。

"茶鼎?"

"没错。虽然没有茶鼎也能烧水,但那是南天丸收藏的那么一套金光闪闪的茶具,咋会唯独少了茶鼎呢?"

"少了就少了呗,能说明什么?"

"能解释他们是咋穿过藻泥沼泽进入南天丸小屋的。猿作,昨天云游的猴子拿着茶具来找猩猩翁是啥时候?"

猿作停止赶路,转过头来。

"过了中午的时候。是我带他去猩猩翁的屋子的。猩猩翁对茶具不感兴趣,于是让他先下去,后来想起南天丸喜欢金光闪闪的东西,于是把他从客房叫来看看。见南天丸先生非常喜欢,猩猩翁大人就拿自己的翡翠换了一套给他。"

"后来南天丸就拿着那套茶具回了小屋,里面应该有茶鼎吧?"

"嗯,应该有……"

猿作没底气地说,然后转过身去,继续赶路。

"我算是明白了,阿棉先生。刚刚在小屋里没有发现那个茶鼎,说明……是茶鼎杀死了南天丸呢。"

我大跌眼镜。猿六却一脸严肃地叼着烟枪。

"你这家伙是不是蜈蚣草吸多了,把脑子吸坏了?茶鼎怎么杀南天丸?"

"要是狸猫变的茶鼎嘞?"

猿六娴熟地吐出一口紫色的烟。

"南天丸可是骗了一只狸猫让他变成自己的样子,走进仇人们严阵以待的房子里,给他当了替死鬼哦。"

"猿蟹合战的故事吧?"

"嗯,要是那只狸猫的亲人知道南天丸还活着,就住在猩猩翁的宅子里,你猜会咋样?"

"原来如此。"

猿作抢先一步说:

"大家多多少少都知道南天丸先生喜欢金光闪闪的东西。一只狸猫变成金光闪闪的茶鼎,另一只则变成云游的猴子。南天丸先生果然对茶鼎爱不释手,把它带回自己的小屋……"

竟然是这样!南天丸引狼入室,把要杀他的家伙带进了小屋。变成茶鼎的狸猫在猿酒祭还没有开始的时候就已经在小屋寻找动手的时机了——猿六解释说。

"狸猫不能变成比自己大很多或者小很多的东西,所以就算变成长柄勺和茶刷有难度,茶鼎总归是没问题的喽。"

"可是……"我想到一个新的问题,"就算狸猫可以在凌晨的时候杀死从猿酒祭回来的南天丸,可他是怎么逃走的呢?南天丸的小船在小岛的客房这边,猴子都游不过去的尸泥藻泥，狸猫不可能游过去。我记得狸猫就算变成鸟或者蝙蝠也不能飞，变成水鸟或鱼也不会游泳吧？"

"得手后没有马上逃走，我们登上岛的时候，他肯定还躲在小屋背后呢。你好好想想，我让猩猩翁先回去的时候，是不是发生了一件奇怪的事？"

"奇怪的事？"

"本来应该沾上尸泥藻泥的东西却是干干净净的。"

我想了想，不禁发出"啊"的一声。

"有一支桨没有泥！原来是这样啊，那支桨原来是狸猫变的啊！"

猿六微微一笑。

"这下终于搞清楚了。我们刚上岛的时候凶手估计是躲在小屋背后，趁我们在屋里调查时将一支真的桨沉入沼泽中，然后自己变成船桨的样子躺在船底。要是这样的话，证据肯定还留着哦，因为猩猩翁回去的时候干净的那支桨也沾上了泥，那可不是用水冲一冲就能洗掉的。"

我再次对朋友清晰的思路惊叹不已。变成茶鼎上岛，行凶后再变成船桨离开现场。这种只有狸猫才能实现的异想天开的做法，一般的猴子绝对发现不了。

"炸毁小屋的也是那家伙吧？是想把我们炸飞吗？"

257

"你猜。"

猿六微微一笑。他像是已经知道了凶手这么做的理由以及具体的手法。

"原来是这样啊。"猿作似乎大为震撼,"猿六先生,你是了不起的侦探!"

"得了吧,猿作,俺才不是什么侦探呢。"

猿六表示否认,但我的感受也和猿作一样。刚刚变成船桨从小岛上回来的狸猫肯定是等猩猩翁他们一离开,马上就逃出猩猩宅邸,回到了狸猫的聚落,所以只要找到身上沾有泥巴的狸猫,案子就破了。

——然而,事情并没有那么简单。

到了狸猫们住的地方后,猿六命令狸猫长老把所有狸猫都叫过来。长老看着眼生的猴子显得有点儿疑惑,不过猴子的命令不得不听,很快就召集了所有狸猫。

"大家都到齐了。"

一共只有十六只。我、猿六,还有猿作也来帮忙,一起仔细检查了一遍十六只狸猫的身体,但是没有发现任何一只身上沾有尸泥藻泥。

"真的所有狸猫都到齐了吗?"

"是啊——傻瓜——"

不等狸猫长老回答,树上的乌鸦就先开了口。猿六没有理会乌鸦,而是向狸猫们问了另外一个问题:

"有没有昨晚出去了的？"

"没有。"

狸猫长老明确回答。

"你怎么知道。"

"因为昨天是腹打祭。"

那是狸猫们的祭典，每年秋天的满月夜举行。祭典当天，从太阳落山到第二天太阳出来，狸猫们会一直拍打自己的肚子。我想起猿酒祭那会儿听到的咚咚咚的敲打太鼓的声音。看来狸猫和猴子一样，都很喜欢祭典。

"整个祭典所有狸猫都在。你要是不信可以问鹿和野猪他们，他们也在旁边观看。"

"没错——傻瓜——"

乌鸦的叫声让猿六眉间的皱纹更深了，他继续问："被南天丸骗去当替死鬼的那只狸猫的家人在吗？"

狸猫们一齐看向其中一只眼神锐利的年轻狸猫。

"是你吗？叫什么名字？"

"枥丸。不知道你要问什么，我昨天晚上也参加了祭典，后来困得不行就先睡了。"

"你恨南天丸吗？"

南天丸还在猩猩翁的宅子里悄悄活着，这件事别说其他动物了，就连宅子外面的猴子都不知道。我们也完全没有提到南天丸的事情。我吓出一身冷汗,担心猿六会不小心说漏嘴。

"恨得牙痒痒。"枥丸说,"但我不知道他在哪儿,没办法靠近也就没办法报仇。"

我看到猿六的鼻子动了一下。他快速取出挂在腰间的打火石,发出咔嚓咔嚓的打火声。

"喜欢这个声音吗?"

枥丸什么也没有回答。猿六将打火石放回到腰上。

"行吧,我要问的问完了。阿棉先生,猿作,我们该走了。"

猿六转身背对着狸猫们,吐着紫色的烟,走了。我和猿作赶紧追了上去。

"去哪里,猿六?不是说茶鼎和船桨是狸猫变的吗?猜错了吗?"

"不,更加确定了,俺的推理没错。"

"可是狸猫们都……"

"说明不是赤尻平的狸猫罢了。猿作,去立林怎么走来着?给我带个路。"

我大吃一惊。

"你是说立林的狸猫吗?他们和南天丸又没有仇。"

"为什么要选昨晚动手,我现在终于知道了哦。"他没有直接回答,"枥丸那家伙想要制造不在场证明。

打了一晚上肚皮，这个证明简直再合适不过了。"

猿六没有继续说下去，只是"嗯"地点点头。我还是一头雾水。不知不觉间，我们已经走进了赤尻平外面的森林。倾斜的坡道上长着茂密的灌木丛，里面有一条细细的兽道。我们猴子不一定非得老老实实走兽道，借助树枝也可以轻松下山。

"我只能到这里了，离开赤尻平需要猩猩翁的同意。"猿作望着眼前的兽道说。

"这样啊，真不好意思这么麻烦你，事情解决了第一个告诉你。"

"好的，小心点儿。我回去找找手套。"

"拜托了哦。"

猿作挥挥手。我们离开猿作，向立林走去。

四

前往立林的路上，听说了猿六的推理后，我差点儿惊掉下巴。我和猿六在一起的日子里每天都充满意料之外的事情，但我从来没有像那个时候那么怀疑自己的耳朵。

我一开始完全不相信这是真的。到了立林后，我们立马找了一只上了年纪的猫打听。结果证明，猿六的推理似乎是真的。

"兔子勘太呀喵，被谁杀死了喵。"那只猫声音沙哑地说。

勘太是麦阿爷讲过的故事——"咔嚓咔嚓山"里面的兔子，和人类关系很好，不仅狠狠地教训了狸猫茶茶丸，还设计把他淹死了。这个勘太七天前死了。

"脖子上套着绳子，漂浮在茶茶丸淹死的那个湖上。"

"有可能是谁干的？"

"勘太被杀，最先被怀疑的肯定是茶茶丸的弟弟茶太郎喵，可后来大家发现茶太郎不可能作案。"

"为什么？"

"……猴子大人，你嘴里的烟枪，能不能给俺也吸两口喵？你给我，我就告诉你喵。"

"哦！给你，给你。"

猫把猿六的烟枪送进嘴里，粘着眼屎的眼睛眯成一条缝，猛吸一口，随后伴随着"呼——喵——"的声音，快活地吐出紫色的烟。

"这可是高级货哇喵！"

"猫大人真识货。你吸两口这个，事情就会井然有序地出现在脑子里。快，多吸两口。"

"也不能光拿你的，这个给你吧，猴子大人。"

猫不知道从哪里掏出来一块鱼肉。鱼肉颜色怪异，不管怎么看都像是即将腐烂的。

"那我就不客气啦。"

没想到猿六二话不说，抓起来就一口吞了下去。

"猿六，别什么都吃！"

"啊？猫大人好不容易给我的，怎么能拒绝呢？果然医生就是死脑筋呢。"

"医生知道个啥喵。信奉医生的，就只有傻狗和比狗还傻的人类。"

"快别说啦！"我打断他们的对话，"猫大人，你就快说吧。为啥茶太郎杀不了勘太？"

"勘太那天傍晚还活着，被发现死了的时候是酉时八刻（下午六点过后）喵。那段时间里，茶太郎正在工作呢喵。"

"工作？"

"哥哥死后，茶太郎孤苦伶仃，几经辗转后被人类长兵卫收养了。长兵卫是个唱戏的，他利用茶太郎的拿手绝活变身术，每天晚上让他在人类面前表演喵。靠表演赚取被人类称作'钱'的东西过活。不过要我说，被收养的应该是长兵卫才对喵。"

啊——猫打了个哈欠。

"甚至说立林的居民都是靠茶太郎养活的也不为过

喵。从各地来看茶太郎表演的家伙们要吃饭，还会买礼物回去。人类大手大脚，靠着捡他们吃剩的，俺也总算是吃到了好东西喵。"

"回到刚刚说的那个哦。"

猿六似乎对茶太郎造福人类的故事不感兴趣。

"这么说的话，勘太被杀的时候，茶太郎正在人类面前表演？"

"没错喵。我也看见了，没错喵。"

听到这里我更加确信了——猿六看似天马行空的推理是对的。

"真是一只有意思的猫啊，阿棉先生。"

离开猫的时候，猿六非常高兴。

"关键是他还懂蜈蚣草的美妙。"

"你和那只猫都活不长！"

"一想到变成老糊涂的样子的我，就浑身打战哦。比起变成一只惨兮兮的老猴子，还不如早点儿死呢。"

就是嘴硬！

"啊！疼疼疼！"

我正要说呢，猿六就捂着肚子蹲了下来，爱不释手的烟枪也掉在了地上，看来疼得不轻。

"怎么了猿六？"

"肚子、肚子突然……疼。"

肯定是刚刚那块烂鱼肉搞的。我环顾四周,发现附近长了老鹳草。于是马上摘了递给猿六。

"猿六,吃这个,对肚子痛很有效。"

"谢谢你,阿棉先生。……啊啊,还得赶紧找茶太郎呢。"

"你都出了一头虚汗了,说啥呢。"

"要是茶太郎发现我们四处打听,逃走了,可怎么办……啊啊,疼死了!"

我强行把老鹳草塞进猿六嘴里。

"你就在这里歇着吧,猿六。我去会一会茶太郎。"

"什、什么?"猿六吧唧吧唧嚼着老鹳草,看着我,说:"阿棉先生自己没问题吗?把茶太郎缉拿归案。"

"把茶太郎缉拿归案的不是我,是你的推理。"

猿六睁开眼睛。

"我相信你的推理是对的,证据就由我来找吧,还是说你信不过我?"

"不是。"

猿六摇摇头。

"阿棉先生,你是我最信得过的搭档啊。……啊,好疼啊。好,那这次就交给阿棉先生了哦。"

猿六在路边的草丛中躺下。

五

找到茶太郎还是花了一些时间。太阳快要落山，周围染成一片红色的时候，终于在脏兮兮的小屋后面抓到了他。那里似乎是一间废弃的酱油铺，散发着酱臭味的木桶堆得到处都是。

"啥？找我有事？"

茶太郎穿着人类的衣服一副了不起的样子，见到我有点儿瑟瑟发抖。

"我是到处旅行的，最近寄宿在赤尻平的猩猩翁的宅子里。今天早上，在猩猩翁的客房里发现南天丸被杀了。"

"南天丸？……谁？"

"猩猩翁手下的猴子。"

前一天南天丸得到一套金光闪闪的茶具，尸体旁的茶具少了茶鼎，假设茶鼎是狸猫变的一切就都能说得通，但是赤尻平的狸猫们在办腹打祭，拍了一晚上肚皮鼓，没有作案机会……我把当天看到的全都说了。

"南天丸曾经害死过赤尻平一只名叫枥之介的狸猫。我们怀疑，是那只狸猫的儿子干的，但是他一晚上都在参加腹打祭。我觉得事有蹊跷，于是来到立林到处打听。一打听吓一跳，就在不久前，杀死狸猫茶茶丸的兔子勘太竟然被杀死了。"

然后我终于说出了猿六推理出来的答案：

"这是交换犯罪。假设有甲和乙两只狸猫，甲要杀兔子勘太，乙要杀南天丸。可直接动手的话，两只狸猫都会被怀疑。于是甲和乙协作，乙负责杀死兔子勘太，其间甲一定要出现在很多人面前，证明自己不可能杀勘太，让大家都知道不是甲干的。然后过一段时间，反过来甲再把南天丸杀死。"

孩子，你可能也想到了，其间乙一定要出现在大家面前。这种通过杀死与自己完全没有关系的人互相制造不在场证明的就是交换犯罪。虽然残忍，不过是不是很有智慧？

"刚刚说的甲就是你。"

我直接揭发茶太郎。茶太郎眼睛通红地盯着我：

"我不知道……"

他的声音比蚊声还小。我顿时心生一计。

"猩猩翁的手下差不多该把那只狸猫带走了。"

"带走？"

"就是被南天丸杀死老爹的那只狸猫，毒打一顿，让他赶紧招。"

"啊？枥丸……"

"欸？"

茶太郎果然中计了。

"我可没说'乙'是谁哦,你怎么知道枥丸的名字?"

茶太郎放弃狡辩,愣愣地站着。我确信自己获得了胜利,指着茶太郎的脚说:

"你再怎么狡辩也没用呀,你看你的脚,还有尾巴,都沾上了白色的泥。南天丸住的那间小屋,周围不是有一片泥沼嘛,那些泥是洗不掉的。"

我给他看了看为南天丸擦干净脸时沾在自己手上的尸泥藻泥。似乎是发现已经无法开脱,茶太郎直直地盯着我的手浑身发抖。

咔嗒!背后传来什么声音。我迅速回头,原来是老木桶晃了一下。我还以为有谁在那儿呢。

"我、我……"

茶太郎开口,我把头转回去。

"没错,我的确参与了枥丸的计划,本以为一切都很顺利……既然被发现了,那也没办法,我和你一起去赤尻平吧,把真相说清楚。"

看样子他已经做好了打算。想起他当时的表情我现在仍然觉得心痛,想给亲兄弟报仇雪恨的心情也让我深感同情。可我不能背叛猩猩翁,不对,不能背叛猿六。

"走吗?"

"嗯,但我有个请求。"

"请求?"

"马上就到表演时间了,今天也来了很多客人。我不能丢下长兵卫先生不管,至少让我表演完,可以吗?"

我想了想。

"被人类使唤来使唤去,不觉得可耻吗?"

"一点儿也不。人类也是生灵,不只有残忍,也有善良、体贴和脆弱。能和长兵卫先生相依为命,我很幸福。"

茶太郎眼中闪着泪花。

"我的梦想是赚很多很多钱,然后和长兵卫先生一起去伊势神宫参拜。"

他这么说,似乎是以为自己还能回到立林。可一旦去了赤尻平,被带到猩猩翁面前,就不知道会怎么样了。在多余的情绪上来前,我说:

"好,你先去表演吧,结束后马上就去赤尻平。"

"嗯,我答应你,谢谢。"

茶太郎——这时不知道哪里传来一阵呼唤。

"那我去喽。"

茶太郎走了。不知不觉间,天已经完全黑了。我立即赶回猿六休息的地方。

"你这家伙!"

猿六枕着右手躺在地上，毫不悔改地大口吸着蜈蚣草。从地上的灰来看，应该是我刚走不久就抽上了。

"哟！阿棉先生来了。我肚子还有点儿疼，不过已经好多了。蜈蚣草解百毒，真是没说错。"

"你自己瞎编的吧。"

"对了，茶太郎呢？"

听我把刚刚发生的事情交代完，猿六腾地一下坐了起来。

"要是跑了可咋办！"

"不会跑的，他已经想好了。"

"你呀，就是太善良了哦。"

猿六捂着肚子站起来，摇摇晃晃地向人类住的地方走去。

"去哪儿？"

"这还用问？当然是去看表演啊，不好好看着可还行？"

我倒觉得不用这么担心，不过我也想看看表演，于是搀扶着摇摇晃晃的猿六一起过去。

我们很快就找到了表演的地方，大老远就听到了敲锣打鼓的声音，通红的灯笼至少挂了五十个。为了不让人类发现，我们爬上附近一户人家的屋顶，正好能俯视舞台。

宽敞的地板房后面立着一张背板,上面画着不合时节的樱花。舞台两侧长着粗壮的杉木,上面拉着一根绳子。人类的看客大概有一百多个,舞台和客席之间生了十来堆篝火,亮堂堂的。

"看一看,瞧一瞧了啊!今天,咱们就给大伙儿瞧一瞧这世所罕见的文福茶鼎!"

身穿浅红色短裇的男性人类大声吆喝道。那应该就是长兵卫。在看客的眼皮子底下,长兵卫对着背板一个转身,怀里就抱上了一个大茶鼎。

放在舞台中央的茶鼎一开始一动不动的,过了一会儿竟开始擅自左摇右晃,然后在舞台上咕噜咕噜滚了起来。人群中刚传出一阵叫好声,却见茶鼎又停在了舞台中央。咚咚咚!伴随着长兵卫敲击太鼓的节奏,茶鼎竟生出了尾巴。然后是前脚、后脚,最后狸猫的脸露出来时,人群中响起一阵巨大的欢呼。

"嚯!这可真有意思。"

猿六叼着烟枪吞云吐雾,被舞台上的茶太郎所折服,似乎完全忘记了肚子痛。这家伙心可真大……我把目光放回舞台上。欸?拉着绳子的右边那棵杉树上,好像有一个黑影溜了下去。擦擦眼睛再看,却什么也没有。

"还远远没到结束的时候呢!"长兵卫再次吆喝起来,"终于到了要表演绝技的时候啦,大家眼前的这个文福茶鼎,接下来将给大家表演走绳!"

身体还是茶鼎形状的茶太郎灵活地爬上杉树,打开放在上面的伞,像人类一样用两条腿站起来,伸出右边的后腿踩在了绳子上。在人类和我们的注视下,茶太郎一步步走上绳子。走到中间的时候茶太郎还不忘与下面的人类进行友好互动。

"大伙儿可看好了!接下来,文福茶鼎将给大家表演翻跟头!"

咚咚咚咚……长兵卫敲出密集的鼓点。只见茶太郎一把扔掉雨伞,伴随太鼓发出巨大的咚的一声,脚尖离开绳子在空中翻了个大跟头。在空中并在一起的两条后腿再次落在了绳子上——就在这时!

嘎嘣。

绳子在靠近杉树的地方断开,伴随着人类的尖叫声,茶太郎重重地摔在舞台上。

"茶太郎!"

长兵卫扔下鼓槌,迅速冲了上去。茶太郎口中流着血,四肢瘫软。

就算在屋顶上也能知道,已经没救了。

那晚,到了半夜,月亮正好爬上头顶。

人类已经散了,灯笼和篝火也灭了,我和猿六走上舞台。上面还留着茶太郎的血迹,我不禁叹了口气。

"对茶太郎来讲,说不定还是件好事。"

"阿棉先生,那是什么意思哦?"

猿六捡起断开的绳子。

"他说,表演完后就去赤尻平。要是猩猩翁知道了,茶太郎可能会被乱棍打死。与其那样,倒不如出意外死得干脆……"

"意外?"猿六把绳子的断面给我看,"你看这个,阿棉先生。这还算是意外吗?嗯?上面明显有刀割的痕迹啊。"

绳子的断面……确实是猿六说的那样!

"茶太郎他,是被杀死的呀!"

我汗毛直竖。

"怎、怎么回事,猿六?被谁杀死的?"

猿六没有回答,掏出烟枪,"咔嚓咔嚓"点上火。

"各种线索终于联系上了呀。"

月光下,蜈蚣草的烟袅袅升起。

六

后来,我们连夜走山路回到赤尻平。一天往返五里路对于我们猴子来讲也非常吃力,猿六却比来的时候还生龙活虎地在树枝间跳来跳去,时不时还莫名其妙地发出"哟吼"的声音。看来是抽蜈蚣草抽上头了。

蜈蚣草的可怕之处在于,兴奋过后神经会像绳子一样嘣的一声突然断掉。刚回到猩猩翁宅邸的长屋"二二一·乙",猿六就倒下,像死了一般睡着了。我也赶紧闭上眼睛,终于给这曲折离奇的一天拉下了帷幕。

第二天,猿六起得比我还早,我起来的时候他已经在檐廊倒立了。我向他打听真相,和前一天不同,这次他什么也没有说。

"早上好。"

猿作很快就送来了早饭,手上的餐盘摇摇晃晃的。

"猿作,是不是戴了手套,所以滑呀?"

猿六指出。

"没那回事。你们昨晚好像回来得很晚啊,有收获吗?"

"大有收获,对吧,阿棉先生?"

我只能点点头糊弄过去。

"猿作,告诉猩猩翁,让他吃完饭把大家都叫到藻泥沼泽那儿吧。"

早饭过后,猩猩翁的所有手下都聚集在沼泽边。沼泽池犹如一个吞噬一切的无底洞,对岸是南天丸曾经住过的小屋,那里现在已经是一片废墟,只立着一根烧得焦黑的柱子。

"青苔,小屋爆炸的原因找到了吗?"猿六问。

青苔不屑中带着轻蔑:"说是火药。"

"这我当然知道哦。火药得有高温才能引爆,我问的是,到底是怎么引爆的。"

青苔无言以对。

"……真是一群蠢猴子,还是俺来告诉你们吧。用的是望远镜的镜片哦。"

"镜片?"

"望远镜上的一块玻璃呀。那玩意儿能把阳光聚集到一点上不断加热。把它放在小屋中能照到阳光的地方,再把火药放到光线聚集的那个点。这样一来,当阳光移到合适的角度,火药就会爆炸了呀。"

包括我在内,在场的所有猴子都听得目瞪口呆。猿六在小屋窗边时曾经闪过一道光,难道就是那个什么镜片?

"嗷呜、嗷呜……"

猩猩翁涨红着脸,气得直哆嗦。

"可怜的南天丸哪。丢了性命也就算了,还被谁用这么阴险的伎俩把房子也给炸飞了……猿六!到底是谁干的?!快告诉我,我要让他生不如死!"

猩猩翁本性毕露，所有猴子吓得瑟瑟发抖。

"你先冷静嘛，猩猩翁，听我从头说来。首先要想清楚，南天丸都有哪些仇家。你知道被南天丸骗来当替死鬼的狸猫枥之介吗？"

"啊，就是那只被南天丸利用，让宅子外的家伙以为他已经死了的那只狸猫吧。为了让大家相信他真的死了，还编了一个叫'猿蟹合战'的故事到处传播。脑瓜可真不错啊，南天丸。"

"那个枥之介的儿子枥丸对南天丸恨得牙痒痒，知道南天丸住在这里后就开始计划复仇啦。"

"你说什么？！"

再次露出獠牙的猩猩翁身旁传来不屑的笑声，是青苔。

"那只叫枥丸的狸猫，我昨天也去见了。那家伙当天晚上敲了一晚肚皮鼓。懂了吗，蠢货！"

"随便你怎么叫我，不过叫之前最好想清楚，比如狸猫们的交换犯罪。"

猿六瞥了一眼青苔，随后向猩猩翁以及在场的猴子们解释了枥丸和茶太郎的交换犯罪，包括去立林实际掌握到兔子勘太被杀的事实，还有找到茶太郎迫使他承认自己参与枥丸的计划，变成茶鼎潜入南天丸小屋的事情——

"真是没想到哇!"

这次大叫的是麦阿爷。

"没想到俺给你讲的'咔嚓咔嚓山'的故事竟然还和南天丸扯上关系啦!"

"有个鬼关系啊!"

猩猩翁狠狠地跺了一脚。

"那只叫茶太郎的狸猫呢?怎么没有带过来?"

"死了。"

不等猿六开口,我回答道。茶太郎在表演文福茶鼎的节目时,从绳子上摔下来死了。

"死了啊。"猩猩翁仰头看着天,"遭天谴了吧。竟然利用变身术来谋杀猴子,真是不知天高地厚。"

"现在下结论还太早。"

猿六毫不遮掩地说。

"我和阿棉先生仔仔细细地检查了茶太郎掉下来的那根绳子,上面发现了用刀割过的痕迹。茶太郎是被杀死的哦。"

"被杀死了?……哈哈哈,这卑鄙无耻的狸猫估计结仇不少。"

"茶太郎在立林的人类那儿很受欢迎。"

反驳猩猩翁的,是我。

"听说有很多人专门从远方过来看他的表演,立林因此热闹了起来。茶太郎给他们带来了好处，人类不可能杀他。"

"阿棉先生说得没错。那么除了人类，能用刀的生物就只有猴子了。嗯，变身成猴子或人类的狸猫也不是不行，不过很难想象狸猫会自相残杀。"

听完猿六的话，所有猴子都紧张起来。终于，我也没有听过的推理要开始了。

"你说是猴子杀死了茶太郎？为什么？是哪个家伙这么快就给南天丸报仇了吗？"

"虽然很对不起猩猩翁，不过恐怕赤尻平没有任何一只猴子会为了给南天丸报仇专门跑去立林哦。其实正好相反，那只猴子才是杀死南天丸的真正凶手哦。"

猴子们张目结舌。猿六继续说：

"昨天，成功潜入小屋的茶太郎一直保持茶鼎的样子等待杀死南天丸的机会。猿酒祭终于结束后，南天丸回来倒头就睡，茶太郎终于有了机会。他正准备动手，没想到另一只猴子闯了进来。那家伙根本没想到茶鼎是狸猫变的，以为屋子里没有别人，于是设置好刚刚那个火药的机关，企图天亮后太阳升起时把南天丸连同小屋一起炸掉。"

猿六伸出舌头舔舔嘴唇。

"没想到他摆弄机关的时候南天丸竟然醒了。感觉到那只猴子身上的杀气后南天丸觉得自己可能性命不保,于是试图呼救哦。那家伙拼命勒死了南天丸,但是他们缠斗时好不容易设置好的镜头位置偏了。"

"不可能!"我不禁打断,"茶太郎亲口承认了是他干的。"

"是吗?难道他不是只说他'参与了枥丸的计划'吗?"

在包括猿六在内的几十只猴子的注视下,我回忆起在立林那个臭烘烘的小屋中发生的事情。茶太郎确实没有明确说自己杀了南天丸。不仅如此……

"'我和你一起去赤尻平吧,把真相说清楚。'茶太郎是不是这么说的?"

原来那句话的意思不是"我去承认凶手是我",而是"去揭发我看到的真正的凶手"啊。

"就算只是变成茶鼎潜入宅邸也肯定会让猩猩翁火冒三丈,他愿意答应跟阿棉先生过来也是勇气可嘉了哦。"

另一件可以佐证猿六推理的事情浮出水面。茶太郎说未来想和长兵卫一起去伊势神宫参拜,他说这句话的时候就好像自己还能回到立林一样。我当时还有点儿感伤,原来茶太郎是真的以为可以再回来。毕竟南天丸不是他杀的。

"等会儿,等会儿。"青苔傲慢地说。

"猿六,你是不是忘了一件很重要的事?藻泥沼泽平时只有一艘船。南天丸从猿酒祭回来以后,船应该在小岛这边才对啊。你小子昨天不也看过了吗,另外一艘船上没有沾到泥。下手的那个家伙是怎么上岛的?"

"啊,这个啊,大家跟我来。"

猿六沿着东岸向前走,在栎树下停了下来。那里放着一卷绳子。

"这是刚刚请他们搬过来的。"

"哈哈,猿六你是不是傻了?用绳子过不去呀。你是打算对着那根烧成炭的柱子扔套索吗?"

"实在太简单了,以至于我一开始也没想到哦。"

猿六牵起绳子一头,三两下爬上栎树,把绳子紧紧绑在高高的树干上,下来,然后牵起另一头递给青苔。

"你,拿着绳子绕着沼泽跑一圈。"

青苔不情不愿的,猩猩翁睁开黄色的眼睛瞪了他一眼,他只好照做。绳子足够长,沿着沼泽绕了一圈后还剩下一些。

"辛苦了,辛苦了。"

猿六从青苔手里接过绳子,再次爬上栎树,把绳子往自己这边拉。你猜怎么着?绳子竟然卡在那根烧焦的柱子上,从栎树到小岛间的绳索这样就绑好了。经过了沼泽的绳子上沾着大量尸泥藻泥。

"现在屋子被烧毁了所以不是很牢固,小屋还在的话绳子就会卡在屋檐上，成为名副其实的吊索绳。我们猴子和狸猫不同，在绳子上也能如履平地。绳子嘛，只要杀死南天丸，回到岸上以后，再扔进沼泽中就好了哦。"

"这、这种机关，喝醉酒的猴子不可能做到。"

"不！"猩猩翁说，"有一个家伙，不管喝多少都不会醉！"

大家一齐看向麦阿爷。

"麦阿爷，南天丸总是把吃剩的东西扔到你身上耍弄你吧。"

"等等，等等。我虽然不醉，喝了一晚上我也累得很，一回去就睡了。"

"麦阿爷不可能。"

猿六冷静地指了指麦阿爷那吊在脖子上的手臂。

"就算是猴子，手臂要是骨折了也不可能踩着一根绳子上岛啊。"

"那到底是谁，快说！"

面对猩猩翁的逼问，猿六说：

"还有一只哦，没有喝醉的猴子——"

猿六的视线移向一只戴着白手套的小猴子。

"猿作……是你吗？"

由于过于意外，猩猩翁的语气顿时弱了下来。猿六缓缓点点头。

"排除所有可能性,就算再不可思议,剩下的那个就是真相。"

"不是我啊,猿六先生,我……"

"仔细想想,昨天去狸猫那儿的路上,我把推理结果告诉了你。意识到金光闪闪的茶鼎是狸猫变的,你简直吓了一跳。然后在送走我们以后,你后脚就紧跟着来立林寻找被兔子勘太杀掉哥哥的狸猫了。阿棉先生和茶太郎的对话你应该也听到了吧。"

我想起来了。话说当时酱油桶后面似乎发出了什么声音,还有从舞台旁的杉树上溜走的黑影……

"不是的,我根本就没去立林……"

"猿作啊,你也看到了,按照这个办法,绳子肯定会沾上尸泥藻泥的。也就是说,拉起这根绳子的家伙手上肯定留有证据。"

猿六话音未落,周围的猴子就按住猿作,把他的手套摘了下来。小小的手上果然沾着白绿相间的泥巴。

猿六把烟枪送进嘴里叼着,拿出打火石"咔嚓咔嚓"点火。四周很快就弥漫起蜈蚣草的紫烟。

"听说猿作的老爹以前在外面被人用火枪打伤了脚,一年前旧伤复发死了。当时开枪的,就是南天丸哦。"

"啊!"被猴子们摁在地上的猿作大叫,"对!南天丸！这猴子，他该死！可他……不是我杀的……"

"还想狡辩？"

"我根本没想勒死他。我想在他活着的时候一把将他炸飞，于是用望远镜的镜片设置好机关后就马上回来了。但是今天早上到了时间火药还没有爆炸，我不知道怎么回事就去看了看，结果发现南天丸已经死了！"

猿作在可怕的猩猩翁面前大声控诉。

"不是我杀的！有谁动了我的机关，杀死了南天丸！"

"太难堪了，猿作。"

"是真的！"

"把他给我带走！"

猩猩翁一声令下，猿作就被其他猴子架走了。猩猩翁难过地看着这一幕。

自那以后我再也没有见过猿作，不久之后我和猿六就离开了猩猩翁的宅邸。

这个故事到这里就结束啦。

七

嗯？怎么？还不睡啊？

……什么？你不信南天丸是猿作杀的？孩儿呀，猿六说得对，排除所有可能性……嗯？

　　……嗯，你说要是像猿六推理的那样，在设置火药和望远镜机关的时候把突然醒来的南天丸杀了的话，还留着这个机关没什么意义？复仇已经结束了，根本没必要炸掉小屋，只要等着南天丸的尸体被发现就好了？哦，原来是这样啊。

　　……

　　……孩儿，你真聪明啊。

　　坦白说，那天我听猿六推理的时候，压根没想到这一点。猿六表现得太自信了，猴子们对猿六的话深信不疑，兴奋不已。

　　不过……离开猩猩翁宅邸继续旅行的时候，有时偶然回想起当时的事情，有些地方就越想越不对劲儿。

　　孩儿，你知道还有哪里不对劲儿吗？

　　……嗯。如果猿作最后说的是真的，那么他踩着绳子上岛之后用镜片设置机关的时候肯定被茶鼎模样的茶太郎发现了。在前往狸猫住的地方时，猿作在路上听到猿六的推理之后就有了谋杀目击者茶太郎的动机。所以猿作紧跟在我们后面来到立林，用刀割开演出现场的绳子，杀了茶太郎。这件事就应该是真的。不对劲儿的是前面的事情。

……没错。猿作设计的机关没有在预定时间触发，也就是说，猿作设置好机关离开后，有谁过来勒死了南天丸。这个时候身体撞到了墙壁或者别的什么地方，导致镜片发生了偏移吧。杀死南天丸后，这家伙意识到在自己之前还有人想要炸死南天丸，于是把镜片移回了原位。所以小屋才会比猿作设计的时间更晚爆炸。

可是，你不觉得奇怪吗？如果那家伙勒死南天丸后也是踩绳子回去的话，那么他的手上应该也沾有尸泥藻泥……

没错，孩儿，你说得对。

要想不让别人发现自己手上沾有尸泥藻泥，必须戴手套。可是，如果要把沾在手套上的尸泥藻泥处理掉，只要把手套扔掉就行了。而且只要提前到处嚷嚷"手套不见了"，就没人会觉得奇怪。

他是一只聪明的猴子。和南天丸有仇的，宅子内外数不胜数，猩猩翁又非常仰仗自己，他肯定想着只要事后随便找谁顶罪就好了。在小屋调查的时候，茶太郎那个茶鼎的计划，还有猿作先自己一步入侵小屋设置机关的事情，他全都发现了。罪可以让猿作来顶，但是目击了自己杀死南天丸的狸猫却必须想个办法处理掉，所以他才去了狸猫们住的地方。没想到事情更加复杂，狸猫们竟然设计了交换犯罪，于是不得不去立林找到变成茶鼎的那只狸猫。不过他本来就喜欢解谜,应该也乐在其中吧。

……对,孩儿你说得没错,那家伙的肚子痛可能是装的。杀死南天丸的时候正好被茶太郎看见了,所以不能正面接触茶太郎。要是茶太郎当着我的面指出"是他干的",那一切就都白忙活了。他在等我的时候,估计一直在想怎么除掉茶太郎。没想到偷偷从赤尻平过来的猿作一刀砍断了茶太郎的绳子,给他省了不少麻烦。

茶太郎虽然参与了交换犯罪,但是谁也没杀,最后却被灭口,真可怜啊。

嗯?开始打哈欠了?看来是困了呀。

……什么?他为什么要杀南天丸啊。

孩儿你还记得吗?猿蟹合战的真相。不是有一只叫模藏的猴子被南天丸篡改成了"栗子"吗?从人类那里偷来火枪后,自己学会了制作火枪的猴子。那只猴子曾经有一个叫蓝林的未婚妻,你知道吧?……有几个闷热难睡的夜晚,我似乎听见过猿六在说梦话:"蓝林、蓝林。"

……来到猩猩翁宅邸后,曾经教训过模藏的手下为什么没有发现他?猿六瘦了很多,估计是他受到教训后疲劳过度,整个体形全变了。而且我是不是说过,他上半张脸通红得像是烂了一样？那可能也是他为了改变样貌自己弄的。当然，用的是火药。说起来望远镜的镜片那个机关，要不是对火药很了解，也发现不了吧。

说到火药你还记得吗？模藏有一个怪癖，他太喜欢自己做的火药了，甚至用来拌饭吃。猿六喜欢的蜈蚣草有一种温泉和铁锈混合后的奇妙香味。他对蜈蚣草爱不释手，或许也是在怀念火药吧？毕竟他现在已经获取不到了。

当然，我没有找他确认。那家伙是我的好朋友，我不想那么怀疑他。

猿六现在怎么样了？嗯……当时好像是在甲斐国的山里吧，有一天我醒来没看见他。自那以后就再也没见过他了，一次也没有。

真是的，那家伙现在在干吗呢？

嗯？孩儿，我刚才好像听见那家伙的声音了。

阿棉先生，所以我说，我不是个侦探嘛。侦探啊，可不能杀人哦——

……嗯？刚刚不还醒着吗，怎么这就睡着啦？

睡得真香呢。

你看我这个孙子不错吧？我故意藏起来的真相，竟然被他拼拼凑凑成功找到了。或许，我的孩儿才是这个传说里真正的名侦探,我说得对吧?

经历了这么多,最后能有这么一个可爱又聪明的孙子,我这只猴子也实在是太幸福了。

可喜可贺,可喜可贺——

文治

磨铁图书旗下子品牌

更好的阅读

特约监制：潘　良　于　北
产品经理：胡马丽花
责任编辑：郎琪杰
特约编辑：朱韵鸽
版权支持：冷　婷　郎彤童　李孝秋
营销支持：金　颖　于　双　黑　皮
封面设计：609工坊

关注我们

官方微博：@文治图书
官方豆瓣：文治图书
联系我们：wenzhibooks@xiron.net.cn

图书在版编目（ＣＩＰ）数据

很久很久以前，在某一个地方，果然. / (日) 青柳碧人著；蔡东辉译. —— 北京：中国友谊出版公司，2023.8

ISBN 978-7-5057-5700-4

Ⅰ.①很… Ⅱ.①青…②蔡… Ⅲ.①推理小说 - 小说集 - 日本 - 现代 Ⅳ.①I313.45

中国国家版本馆CIP数据核字(2023)第146555号

MUKASHI MUKASHI ARUTOKORO NI, YAPPARI SHITAI GA ARIMASHITA.
© Aito Aoyagi 2021
All rights reserved.
Original Japanese edition published in Japan in 2021 by Futabasha Publishers Ltd., Tokyo.
Simplified Chinese translation version published
by Beijing Xiron Culture Group Co., Ltd.
Under licence from Futabasha Publishers Ltd.

书名	很久很久以前，在某一个地方，果然……
作者	［日］青柳碧人
译者	蔡东辉
出版	中国友谊出版公司
发行	中国友谊出版公司
经销	新华书店
印刷	河北鹏润印刷有限公司
规格	787×1092毫米　32开 9.25印张　150千字
版次	2023年8月第1版
印次	2023年8月第1次印刷
书号	ISBN 978-7-5057-5700-4
定价	49.80元
地址	北京市朝阳区西坝河南里17号楼
邮编	100028
电话	（010）64678009